GOBOOKS
& SITAK
GROUP©

三日月書版

三日月書版

大神的
正確捕捉法
ゲームプロの
正しい捕まえ方
夏堇 著
LILUO 繪
三日月書版
BL041
下
volume

遊戲ID：伏燁
遊戲ID：華麗的週末

大神的正確捕捉法

ゲームプロの正しい捕まえ方

CONTENTS

How to Success
Catch Your Leg

莫時

遊戲ID：華麗的週末

前．全服第一祭司，半年前因故離開遊戲。
刀子嘴豆腐心，顏文字重度愛好者。

CHARACTER
MOSHI

How to Successfully Catch Your Legend

伏燁

遊戲ID：伏燁

排行榜首席劍士，第一公會水藍的會長。
忠心耿耿又專情，遊戲PK強，真人PK也強。

CHARACTER
FUYE

大神的正確捕捉法

How to Successfully Catch Your Legend

第一章

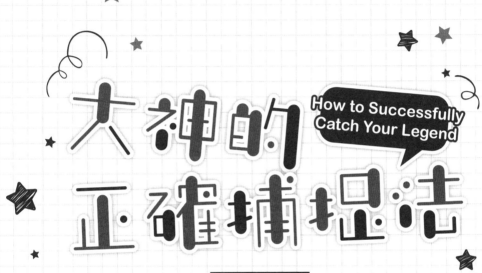

「華麗、快來這邊！」

莫時一上線，就收到水藍公會小伙伴的熱情招呼。

骷髏：「華麗，華麗，你終於上線了ˇɑˇ（ˊ）」

朝如青絲：「這邊有個好玩的地方，想不想過來呀～（◎ˇ◡◑◎）」

霸北：「大家已經都在這了，華麗，就差你一個（ˇˆ˥。）」

貓耳控：「快點過來喔，等你～～（ɔ.˥）」

公會頻道不時傳來「嘿嘿嘿」、「啊嘶」、「吼吼吼」之類的變態狀聲詞，讓莫時隱隱有種羊入虎口的感覺。

莫時半信半疑地回覆：「去哪？」

眾人神祕兮兮道：「這！快來唷！（○゜ε＾○）」

莫時按下地址，人物便自動傳送到「蓮花水池」地圖中。

水藍公會的小伙伴盤腿在一朵朵大蓮花上坐成一排，華麗的週末也站在其中一朵蓮花上。

不知道為什麼，公會伙伴那一個個瞪大眼盯著他看的模樣，讓莫時寒毛直豎，總覺得這些人不懷好意。

貓耳控朝他跳過來。「怎麼樣，這個地方很漂亮吧？華麗，說點感想？」

「是不錯……」

莫時打字打到一半，突然感覺螢幕漸漸歪了。就在眨眼間，金髮祭司腳下一滑從蓮花上跌落，竟然掉進了水池中。

畫面上，金髮祭司在水中掙扎，好不容易站了起來，瞇著眼睛甩甩水，身上的淺色衣服浸水後呈現半透明狀，隱隱約約好像看到了底下的白皙肌膚。

最夭壽的是，池水濺溼的特效灑在螢幕上，謎之液體一滴滴滑落，搞得他螢幕都髒了。

莫時不忍再看，這溼身畫面，有點……糟糕呀？

此時，水藍公會的小伙伴再也忍不住，個個笑得人仰馬翻。

霸北：「哇哈哈哈哈哈，我猜對了，第一次來到這的玩家都會跌下去泡湯！」

朝如青絲：「就連華麗大神也敵不過系統的惡趣味呢。」

求神不如拜我：「溼淋淋的美男子，這畫面太美我不敢看。截圖截圖~紀念紀念~」

死神柯南：「截什麼圖，要錄影！放在手機當桌布！」

貓耳控：「嗚嗚嗚（狂擦鼻血），不愧是會長大人看上的男人，好溼，好腰，好腿！」

華麗的週末：「……」

「蓮花水池」是改版後的新地圖，是公會任務點之一。任務內容的特點是非常滑的巨大蓮花，玩家必須一邊保持身體平衡，一邊努力撈魚做任務，直到魚桶滿了為止。

這任務充滿了惡趣味，首先任務說明一點提示也沒有，一般玩家被傳送到水池中央，通常會不明所以，先摔成落湯雞，接著在成千上百的巨大蓮花中，不停滑倒溼身、滑倒溼身，無限循環。

因此，《蒼空 Online》出現一些名言：「每個玩家的第一次失身都獻給了系統」、「過公會任務，誰不溼身，溼著溼著也就習慣失身了」、「我溼身了，可是我卻覺得失身了」等等。

可想而知，水藍眾人就是看準了這點，才故意騙他來。

華麗的週末：「這簡單。」

莫時忍著強制 **PK** 水藍眾人的慾望，操縱著人物重新跳上巨大蓮花，僅幾分鐘便學會了平衡技巧。

蓮花像是一座巨大的天平，站在正中間便不會搖擺傾斜，一旦掌握了平衡訣竅，蓮花撈魚任務也沒有困難到哪去。

沒多久，金髮祭司的魚桶便裝滿了，還能在一朵朵蓮花中跳上跳下，自由穿梭。

水藍公會眾人見沒好戲看了，悻悻然地準備散會，至少今天的目的：「看大神偶爾失誤＋錄影截圖鬧一鬧」已經達成了。

「各位別急著走呀，請等等(๑◕ㅂ◕)」

莫時卻突然攔住大家，他對著手機陰陰一笑。玩完他就想跑，可沒那麼容易！

華麗的週末：「我突然有一個大膽的想法！」

「？」水藍眾人愣住了。

華麗的週末：「我想了想，大家最近肯定是因為沒什麼訓練，才閒得發慌了。正好，現在的蓮花池，剛好可以訓練大家技巧對吧？對不對、對不對、對不對U(•ㅅ•)U」

水藍眾：「……」

這瞬間，在座小伙伴內心突然冒出不好的預感。

「各位，這是不是個好主意呀(o^∀^)」

金髮祭司的顏文字笑得非常燦爛，可是水藍眾卻一點也開心不起來。

他們忘記了，眼前天使一般的金髮祭司，實際上是個邪惡的殺人魔，先前的地獄訓練還歷歷在目，他們當初怎麼會有膽子想惡搞大魔王呢。

華麗的週末：「我就知道大家喜歡，那麼就來試試看吧，遊戲開始！」

隨著惡魔的話語落下，讓眾人哭爹喊娘的地獄式訓練再度降臨。

三十分鐘後。

「嗚嗚嗚……」

「拜託，不要再來了。」

「我不行了，真的不行了。」

今天的水藍依舊熱鬧非凡，公會頻道一致慘烈烈的哀嚎聲，籠罩著黑暗頹廢的氣息。

剛上線的伏燁，神清氣爽道：「天氣真好呀，各位，瞧你們多麼開心啊。」

霸北：「老大！你終於上線了(●＞ω＜●)！」

貓耳控：「嗚嗚嗚嗚，告訴你，華麗他……(☆ⓣ皿ⓣ)」

「呵呵。」聽著熟悉的哀嚎聲，伏燁的嘴角淺淺勾起一笑，操縱著人物趕往事發地點。

水池邊，水藍公會成員站在一排蓮花上，金髮祭司以靈敏的步伐穿梭在花叢間，拿著杖朝他們一個個敲去。眾人一面保持平衡一面還要閃躲攻擊，努力求生存，已經大半人閃不過跌下水，成了可憐的落水鬼。

特別記仇的金髮祭司一遍遍地虐，尤其特別照顧幾位「始作俑者」。

不到幾分鐘，所有人都被擊落，在水中拍打掙扎，現場只剩下金髮祭司依然穩穩站著。

雖然場景很淒慘，水藍眾人卻像腦筋錯亂般敲著顏文字快樂聊天。

「哇，又落水了，我今天不曉得失身第幾次〉ω〈」

「技巧有沒有進步不知道，我只知道，我的手機螢幕又溼又髒又粘（☆Φ皿Φ）」

「我不行了，求華麗大神放過(>■<*)」

「好溼好冷……怎麼辦，我孤單寂寞覺得冷……（ε皿ε）」

「拜託，華麗，大家都溼過了，一人溼一次剛剛好，求放過∩◉‿◉ↄ」

……如此詭異的畫面，簡直見鬼了。

路過民眾看到此幕，紛紛轉頭回避，嘴裡咕噥著「太可怕了」、「水藍公會真不是人待的」、「好殘忍血腥的訓練方式」、「別看，會被惡魔抓過去的」等等。

伏燁：「你們玩得真開心啊（◎▽◎）」

水藍公會的老大在蓮花池轉了一圈，不僅沒有阻止暴行，還入境隨俗跟著用上顏文字了。

伏燁微微停頓，捕捉到重點：「等等，你們剛才說……華麗也被你們弄下水了，他溼了？」

提到這個話題，公會成員們立刻滿血復活了。

霸北：「哈哈沒錯，但只有初次進地圖時才不小心失身。」

貓耳控：「老大老大，我有華麗第一次失身的截圖和錄影，要不要看？我放在水藍公會的 LINE 群哦！」

圓圈圈：「吼吼吼，祭司柔軟易推倒，失身動畫最美了。」

鯊魚：「畢竟這個蓮花池地圖只有失身效果好玩。」

華麗的週末：「……我說，你們要不要改一下錯別字？再提溼身我就讓全部人一起溼！」

莫時突然興起惡作劇念頭，跳到伏燁所在的蓮花上，一腳踩歪了蓮花。

不過黑衣劍士僅簡單動了一步，晃動片刻，就讓蓮花回歸平衡。

伏燁顯然對他的主動靠近很高興：「華麗，來，站一起。」

華麗的週末：「好喔(>ᴗ<)」

這下金髮祭司更故意了，邀請對方牽手後，故意拉著伏燁左右搖晃、跳上跳下，一陣亂甩轉圈，接著解除了牽手，像是跳交際舞般自己轉了一圈後分開。

蓮花猛烈晃動著，周圍漸起一波水花，然而伏燁的平衡感強得恐怖，讓人物在空中凌空翻轉，滑步拐彎，幾個簡單的小動作便喬回位置了。

「再來一次？」似乎覺得方才的挑戰挺有意思，伏燁還催著。

「當然可以。^_^」

莫時接受對方的牽手邀請，心裡卻打著其他壞主意，想挑戰一下伏燁的極限。

「神一般的技巧呀，好有趣，我也要玩！」

「我也要玩，加一加一！」

水藍公會的小伙伴玩出了興致，大聲起哄著。霸北率先跳上蓮花瓣，接著，骷髏、貓耳控也跟著跳進來，越來越多人想擠上伏燁的蓮花。

一朵小小蓮花當然承受不住眾多人數，轟的一聲，池水湧入，蓮花開始下沉了！

莫時原本有機會逃，但他忘了伏燁正牽著自己的手，雙人移動跟單人移動的手感完全不同，搗亂還行、要避難時就動彈不得了。

而伏燁顯然也忘了，兩人手忙腳亂地解除牽手，處在外緣的伏燁隨即跳上旁邊的蓮花，剛站定位卻又緊急轉身返回，朝他再度跑回來。

正準備跟著跳離的莫時，看見螢幕中央跳出的邀請，睜大了雙眼……

在兩人愣住的幾秒間，池水瞬間覆蓋了所有玩家。

大批玩家在水中載浮載沉，猶如溺死的魚，場面說有多好笑就有多好笑。

他們踩塌了一朵蓮花！

「噗……」莫時很難得地控制不住表情，在手機前笑出聲來。他果真讓全部人一起溼了。

這一刻，所有人都瘋狂地笑倒了。

眾人掙扎了半天，好不容易才艱難地爬了起來。

水其實不深，只到腰部位置，螢幕裡，金髮祭司正倒在黑衣劍士的懷裡，兩人想從水裡爬起來，卻打滑又跌回彼此胸膛上，尷尬地互看著……若不是遇到如此特殊的情況，莫時還真不知道牽手狀態下跌進水裡會解鎖新遊戲動畫。

直到沉入水底，他跟伏燁的手都是連在一起的，先入水的伏燁自然當了肉墊。

公會成員們見狀炸開了鍋，起鬨鬧著他們。

死神柯南：「哈哈哈，快來看，老大和華麗一起溼身了。」

圓圈圈：「他們牽著手一起跳水殉情。」

霸北：「哈哈，老大被華麗弄溼了。」

貓耳控：「你說錯了，應該說是華麗被老大弄溼了！」

霸北：「隨便，都可以啦，我又不是腐女。況且老大被圈圈叉叉了，又不關我的事（挖鼻）。」

貓耳控：「啊啊不管了，截圖！截圖！明年的本本又有新題材了！」

金髮控：「沒有錄影到真是太可惜了。」

而事件的主角們，早在瘋狂洗頻前便迅速逃離了。

黑衣劍士握著金髮祭司的手，兩人一路跑回水藍公會的領地。

系統提醒：玩家〈伏燁〉想送您禮物，是否同意？

畫面中，黑衣劍士獻寶似地從懷中拿出一朵粉色小蓮花飾品，莫時點擊同意，黑衣劍士便走上前，自動幫他戴到右邊頭上。

【私人頻道】伏燁：「剛才的任務獎品，蓮花，你戴上去挺可愛的。」

【私人頻道】華麗的週末：「這種東西……你留著自己用吧。」

黑衣劍士沒有回覆，人物圍著他轉了一圈，看起來像在仔細打量他。

【私人頻道】伏燁：「嗯，的確，祭司真的是纖瘦修長、體弱易推倒呢，很適合你。」

【私人頻道】華麗的週末：「你去死！」

莫時有些好笑，他打開裝備欄將頭上的蓮花摘下，卻沒有丟棄，而是放進系統收藏冊中。

這位劍士平時精明幹練，形象威嚴可靠，美中不足的是，偶爾會像發神經一樣調戲他——送些小禮物、講些不明所以的話、粘著他到處跑副本等等。

他也想過拒絕，但伏燁送的小東西都很有用處，而且不貴，粘著他時也從不在重要時刻扯後腿，反而成為挺不錯的免費勞工……幾次過去，莫時竟然沒能拒絕掉。

相處久了，他似乎已經習慣有一半的遊戲時間身邊都跟著一個人。要是在以前，這是絕對不可能的。

【私人頻道】華麗的週末：「對了……」

莫時回想起剛才蓮花池的景象，順口問道。

【私人頻道】華麗的週末：「剛才在蓮花池，牽手明明已經解除了，你怎麼又跑回來？」

【私人頻道】伏燁：「那個呀……我看你一個人在待在那，好像挺孤單，我不應該先走的。」

【私人頻道】華麗的週末：「啥？」

【私人頻道】伏燁：「我想要陪陪你，所以又回來了。」

【私人頻道】華麗的週末：「……」

不明所以的話。

所以，這人就回來了？和他一起成為溺死鬼？

莫時按了按額頭，不知該如何接話。

【私人頻道】伏燁：「不好嗎？」

【私人頻道】華麗的週末：「……隨便你吧。」

【私人頻道】伏燁：「呵。」

兩人沉默片刻，一時之間無人說話。

【私人頻道】伏燁：「華麗……」

【私人頻道】華麗的週末：「嗯？」

【私人頻道】伏燁：「華麗，你年紀多大？」

雖然已經加了 **FB** 和 **LINE** 的好友，但彼此的 **FB** 上面都沒有寫上詳細資料，伏燁對他除了長相外一無所知。

【私人頻道】華麗的週末：「嗯……十九。」

【私人頻道】伏燁：「……比我小一歲，我二十。你是大二生？」

【私人頻道】華麗的週末：「對，大二生，看來我們差不多大呢。」

【私人頻道】伏燁：「我是讀S大學音樂系，你呢？」

【私人頻道】華麗的週末：「W大學。」

【私人頻道】伏燁：「挖賽，W大學……高材生耶。是說，我們離得滿近的呢。」

【私人頻道】華麗的週末：「你的學校也不錯呀，音樂系啊，是玩什麼樂器？」

【私人頻道】伏燁：「呵，基本上都會一點，主修是鋼琴。那你的名字呢？」

莫時盯著螢幕，短暫地沉默著。他的社群軟體ID用的全是英文拼音「Mo Shih」，現實中認識的人大約可以猜出本名，而不認識的人會不確定真正的寫法。

【私人頻道】華麗的週末：「莫時。」

【私人頻道】伏燁：「好名字，你的LINE名字是英文拼音呢。我名字跟遊戲和社群軟體的ID都一樣，伏燁。」

【私人頻道】華麗的週末：「伏燁？你的本名跟遊戲名一樣？」

【私人頻道】伏燁：「是的，姓伏，名燁，很稀少的姓氏。」

莫時若有所思，突然腦中閃過一個想法。螢幕中的黑衣劍士站在身旁，朝他做了撒花慶祝的動作。

【私人頻道】伏燁：「華麗，我們住得這麼近，有空可以約出來聚會，或者我去你家玩？」

【私人頻道】華麗的週末：「網聚？」

【私人頻道】伏燁：「是啊，你是遊戲和真實生活分開的那種人？」

【私人頻道】華麗的週末：「……倒是不會，我之前玩其他遊戲也參加過網聚。不過我住在學生宿舍，很小很髒，你來了會被老鼠嚇跑。」

【私人頻道】伏燁：「呵，不然你住我家也可以，我一個人住。」

【私人頻道】華麗的週末：「再說吧。」

兩人東西拉扯一陣子後，結束了閒聊，莫時關掉手機，抱著枕頭躺到床上。

伏燁這名字居然是本名……

伏這麼少見的姓氏，很容易有印象的。

這麼一想，他忽然發現自己對伏燁這名字有點模糊的印象，似乎……以前在哪裡聽過？

翻來覆去想了半天，莫時抱著手機，不知不覺睡著了。

夢境中，原本忘得差不多的記憶，逐漸清晰起來。

【師徒頻道】Flying Penguin：「師父，我以後不要叫你師父了，我要直乎師父名字！」

還記得，他那蠢萌的徒弟飛翔的企鵝，某天吃錯藥，竟然叛逆起來，不願意再叫他師父了。

【師徒頻道】華麗的週末：「突然搞這齣，怎麼了？」
莫時很想把這個笨蛋揪起來，用力敲一敲頭，看看腦袋有洞的蠢徒弟又突發奇想了什麼。
【師徒頻道】Flying Penguin：「我已經三十四級了，就快出師了，我要證明自己是獨立可靠的大神，不是之前的小萌新了！」
獨立可靠的大神可不會在森林裡迷路跳崖自殺卡在谷底動彈不得哭著要師父去救！
【師徒頻道】Flying Penguin：「華麗的週末……華麗、華麗，好，很順耳，我以後就叫師父華麗！」
【師徒頻道】華麗的週末：「喔，隨便你呀。」
莫時用小指挖了挖耳朵，完全不覺得這個成天跟在他屁股後面跑的蠢徒弟會有任何改變。
【師徒頻道】華麗的週末：「放心，你就算出師了，師父也一樣會罩你。」
【師徒頻道】Flying Penguin：「不行，我不需要師父罩也能變得很強。對，我要變強，我要比師父的朋友更厲害。」
【師徒頻道】華麗的週末：「我朋友……雨若情深？」

企鵝和雨若情深之前PK過，難道被打死一次後，徒弟便開竅了？

他還打算等企鵝出師畢業後加入水墨悠然公會呢，這樣不行，莫時試圖讓徒弟知難而退。

【師徒頻道】華麗的週末：「雨若是水墨悠然的會長，實力很強，大概跟我差不多強哦。」

【師徒頻道】Flying Penguin：「那、那我就要比師父更厲害！」

【師徒頻道】華麗的週末：「……你這臭小子在講什麼啊？」

【師徒頻道】Flying Penguin：「因為，不比師父強，就沒辦法保護師父了，我想保護你。」

莫時又有氣又好笑，天兵徒弟大概是聽到一些謠言，想太多了。

【師徒頻道】華麗的週末：「謝謝你的好意呀，但我不需要。」

【師徒頻道】Flying Penguin：「我是認真的，師父，我想保護你。」

「華麗，我想保護你。」

僅有這句是用語音模式說的。

聲音自動從喇叭播放，出乎意料，企鵝的聲音低低的挺有磁性，聽起來像二十歲左右的成熟男性，是女孩子會很喜歡的聲音。

莫時一直以為自家徒弟是個小孩，但顯然對方年紀跟他差不多，甚至更大……

【師徒頻道】華麗的週末：「喔……你幹嘛突然用語音模式說話？」

【師徒頻道】Flying Penguin：「哈哈，我覺得這樣比較有誠意。」

【師徒頻道】華麗的週末：「……小子，你是認真的？」

【師徒頻道】Flying Penguin：「是。」

【師徒頻道】華麗的週末：「雖然不知道你是受了什麼刺激，但只要我們還是師徒關係，你就永遠是我的蠢萌徒弟，想獨立還早得很呢。」

良久，飛翔的企鵝沒有說話，連人物都停止不動了。

【師徒頻道】Flying Penguin：「那我們就不是師徒關係了！」

系統提醒：玩家〈Flying Penguin〉，與玩家〈華麗的週末〉解除師徒契約，從此背叛師門！

「……」

莫時不敢相信地瞪大眼睛，差點捏碎了手機。

他辛辛苦苦地帶了那麼久，一手養大的徒弟竟然叛出師門？那死小子還在旁邊開心地繞著他撒花？

【世界頻道】華麗的週末：「孽徒！我現在就讓你看看，得罪師父是什麼下場！」

那天，他理智斷線一怒之下開啟了殺戮模式，把飛翔的企鵝像仇人一樣殺了十幾回，甚至守在重生點放話要對方永遠別再出來，不然他見一次殺一次。

但即使情況再慘烈，飛翔的企鵝依然沒有屈服，仍舊追在自己後面，每天華麗、華麗地喊著。

莫時氣得七竅生煙，追著對方打個不停，卻對這努力不懈的煩人精無可奈何。

一個月後，飛翔的企鵝又不怕死地在他身旁溜達。

金髮祭司正在打怪，見到對方過來，他揮舞法杖發出一技火球，便往黑衣劍士的方向衝，成功把身後一群怪引向劍士。

黑衣劍士非常習慣地當起人型肉盾，W字型拖著怪左右移動，讓金髮祭司只需要站在原地轟怪，經驗值便迅速飛漲。

「華麗，我來引怪，你就站著打吧，這樣比較輕鬆。」

飛翔的企鵝喝了瓶紅水，補回失去的血量，笑嘻嘻地再度蹦蹦跳跳到他身旁。

叛師後，企鵝彷彿開竅了，技巧進步神速，逐漸懂得搭配裝備，等級也像坐雲霄飛車般直線上升，劍士本身血量厚防禦高，加上企鵝的反應速度也不差，如今金髮祭司已經很難一擊秒殺他了。

莫時想了想，飛翔的企鵝沒玩過其他遊戲，犯的錯都是網遊基本常識，其實他只是一開始不熟悉，資質還是不錯的。有人一步一步地教他摸熟遊戲之後，接下來憑自己一個人就能練得很順暢。

……不過，那亂蹦亂跳的樣子距離「大神」形象，還有很大一段距離。

莫時哼了一聲，畫面一轉，再去引下一波怪。

飛翔的企鵝自然跟上。

黑衣劍士拖著怪，一面敲著字說：「對了，華麗，遊戲下週改版，新出了改名卡，我想趁機會換掉名字。」

飛翔的企鵝似乎終於想通了，他建立威武大神形象的計畫之所以受到阻礙，最大的問題就在蠢萌的名字上。技巧可以練，但「名字」給人的第一印象沒辦法救呀。

黑衣劍士興奮地說：「我想到了一個簡單方便的辦法，乾脆直接把真實姓名拿來遊戲用。華麗，這樣你叫我，就等於直接叫本名了。」

莫時俐落地打著怪，隨口一問。

「喔，你想叫什麼？」

黑衣劍士神祕兮兮地舉起長劍，如宣示般說道。

「我要改叫……伏燁！」

「叮咚！叮咚！叮咚！」

手機倉促的提醒聲讓莫時自夢中驚醒。

好像迷迷糊糊做了一個夢。

部分的內容隨著甦醒忘了，他只記得，夢到過去的徒弟飛翔的企鵝。

對了，莫時憑著依稀的記憶想起，徒弟的聲音……竟然和伏燁的聲音很相似，都是低沉成熟的類型。

但是他不太確定，畢竟飛翔的企鵝唯一語音說過的話只有一句，那笨徒弟連遊戲常識都不知道，連大頭照都不會用，他自然也沒看過企鵝本人的照片，說實在的，他對徒弟的了解真的非常少。

後來，他就離開了遊戲，也沒和徒弟好好告別，從此失聯了。

早知道當時多問問對方，加個 FB 好友也好。

收起惆悵的情緒，莫時隨手拿起手機滑著，一看卻愣住了。

剛才吵醒他的並不是手機鬧鈴，而是一則則的訊息提醒聲。

水藍公會有一個 LINE 群組，莫時也有加入，裡頭大部分是公會成員的閒聊、分享資訊攻略等等，氣氛十分溫馨熱鬧。

今天，卻突然有個非公會人士加入，在群組中肆意張貼一些古怪的訊息，擾亂了大伙的寧靜。

訊息很長，簡單來說對方想表達的是：

水藍的，別以為你們初次獲勝就贏了，不過是群死宅，在遊戲中很行不算什麼，到現實中來戰啊！

地點╳╳，時間╳╳

不敢去是孬種，等著被明天的世界頻笑到死吧，不見不散。

不用想，又是敵對公會「今朝有酒今朝醉」派小號在花式找麻煩。

遊戲打不贏就約到現實中打，想得可真美，他幹嘛浪費力氣往對方的陷阱跳，又不是國中生，哪會吃激將法這套！

可惜，水藍公會的人並沒有跟莫時的想法同步。

一個 LINE ID 叫慕書竹的人，大頭照是一個戴著帽子的男性坐在咖啡館看書——據說是以你為名的小說的現實模樣，正在火爆地跟對方互嗆。

「哼，誰怕誰，在現實中也照樣把你打爆！等著瞧吧！

「去死吧，在遊戲中打不贏，在現實中一樣是喪家犬！

「就讓你瞧瞧我們水藍公會的厲害，在約定點發抖等著吧。」

雙方在清晨五點互嗆一陣子後，對方得到了約戰的答覆，滿意地退出群組了。

大約六、七點後，有幾個早起的小伙伴看到敵方下的戰帖，紛紛詢問以你為名的小說：「小說哥真是英俊瀟灑魅力十足，直接把人嗆跑了耶。你是不是打架很強，很有把握？」

以你為名的小說：「沒有呀，我走文青氣質路線，遊戲幹架還行，但現實中打架完全一竅不通。」

這是事實，以你為名的小說不僅 ID 文青，連 LINE 的名字慕書竹、大頭貼的咖啡館看書照等等……全是走文青路線，但不知道為什麼個性卻不是。

以你為名的小說替水藍公會約完戰，撇清關係：「不是還有其他人嗎？水藍公會有三十二人，總有幾個人能打架，大家全部都去，絕對不會輸的。」

小伙伴慌了：「咦……這樣好嗎？」

骷髏此時慢悠悠地冒出來，說道：「放心好了，老大身高一百九，我以現實朋友的身分保證，老大是很可靠的。」

霸北：「真的假的，老大這麼高呀？」

圓圈圈：「確實，老大照片看起來就是個高個子，身材高挑精實，戰鬥力爆表，我瞬間好有安全感。」

貓耳控：「原來老大又帥又高又有錢，還很會打架。」

死神柯南：「老大，就靠你了！」

求神不如拜我：「就是，不用怕，打架約起來，誰怕誰！」

鯊魚：「等等，我們水藍公會還沒約見面過吧，等於是公會網聚？」

死神柯南：「對呢，大家還沒見過面，剛好當作第一次公會網聚。」

死神柯南：「吼吼吼吼吼！網聚、網聚！我好興奮、我好興奮啊！」

聊到這邊，敵方約戰事件已經成功歪成水藍公會第一次網聚，眾人興致勃勃地聊著見面行程，開始約起飯店餐廳，甚至住在東部和南部的朋友也打算參加。

晚些上線的伏燁，在眾人的鼓吹之下，莫名成為大家的戰鬥力依靠，只能回答：「……喔。」

不然伏燁還能怎麼辦？取消就等於澆熄了大伙的網聚熱情，同時向敵方承認自己膽小，那還不如赴約，至少打不贏還能報警嘛。

莫時起床時已經八點了，看到這邊簡直要笑出腹肌了。他私訊伏燁，發給對方一個大笑貼圖。

昨天閒聊了一個晚上，莫時知道伏燁在現實中是音樂系的高材生，他可沒指望一個未來的鋼琴家用寶貴的手指打架，萬一傷到手可就不好了。鋼琴是細膩講究的樂器，他聽說斷一片指甲就足以影響鋼琴家演奏。

至於身高一百九，人家本來就這麼高吧，高又不代表會打架。

「骷髏只想網聚，我被他給賣了。」

伏燁立刻就回覆，附上一大串哭哭表符。

「少裝可憐。」莫時無法想像身高一百九的大男生撒嬌的樣子，就算是伏燁那張帥臉也不行。

伏燁嘻笑賣萌過後，很快便恢復正經：「華麗，公會的人有一半以上都會參加網聚，你要去嗎？」

莫時深吸一口氣，沒想到昨天才聊到的網聚會來得這麼快。他甚至懷疑骷髏是故意推波助瀾的。

他嘆氣，答應道：「好啊，反正遲早會見面。我們先約個地點集合吧，總不能讓大家直奔戰場。」

他如此爽快，反而讓伏燁驚訝：「華麗，難道你……很會打架？」

「……不是。」

「還好，我以為你……很高。」

「很抱歉，我只有一百七十七公分，一般般。」

「喔……那我以為……」

「我認識一個朋友，他從小就是孩子王，對打架相當擅長，我會帶他去。」

莫時趕緊打斷，阻止伏燁方向奇怪的腦補。

「原來如此。」伏燁笑著輕嘆，「要不是有你，我真不知道該怎麼辦。」

「那是當然的。」莫時傳送得意洋洋插腰的貼圖。

伏燁似乎心情頗好，話鋒一轉問道：「華麗，你等一下會上遊戲嗎？趁早上玩家不多，我們一起組隊吃王吧？」

莫時看了看課表，確認自己待會有空。

「會上線，我的課在第二堂，還有一個小時。」

即使在上課中，他也可以偷偷打遊戲。不過莫時沒有把想法說出口，守護自己的W大資優生形象。

「嗯，那待會遊戲見囉，莫時。」

「噗……」

邊吃早餐邊滑手機的莫時，差點一口噴了紅茶，幫螢幕物理洗頻。

這傢伙……現學現賣地叫了他的真名，一語雙關，用得恰到好處。

他微微勾起嘴角，回覆道。

「遊戲見，伏燁。」

大神的正確捕捉法

How to Successfully Catch Your Legend

第二章

一個星期後。

莫時提著行李箱，清點裡頭的物品——換洗衣物、旅行用的盥洗用品、手機、充電器。確認完畢後，他抬腳走進臺北火車站。

手機剛好響了起來，來電者正是伏燁。

「莫時，你宿舍住臺北，為何還要和霸北小說他們在臺北飯店住一天？」伏燁問道。

「大家一起合住飯店，熬夜通宵打牌吃泡麵打枕頭仗，聽起來很有趣嘛。」

「太過分了，這麼有趣的事怎麼沒揪我？」

「哈哈哈，他們不想打擾你吧。骷髏說你一個大少爺住不慣多人合宿的小飯店。」

「沒這回事，我也想住，想住得不得了。」

「可惜，已經訂好房位沒辦法再加人了。」

「……莫時，既然你去住飯店，要不要順便來我家？我家也很有趣，有一間客房，住宿完全沒問題哦。」

「去、去你家？」

莫時嘴上冷淡，臉上卻微微發熱。不知為何，和公會小伙伴一起住飯店沒問題，去伏燁家他卻有些小抗拒。

他往四周左右張望，看到熟悉的人影後匆匆說道。

「咳……謝謝好意，之後再說吧。我到約定地點，看到人了，先這樣，掰掰。」

水藍公會一伙人約在臺北車站見面。

遠遠地，他便看到戴著帽子的男性手上抱著書，往他的方向看過來……這文青打扮不是以你為名的小說會是誰。

「華麗的週末？」

「小說。」

遲疑地互相打量了片刻，雙方才走近打招呼。

以你為名的小說笑著說：「華麗是清秀類型呢，太好了，終於找到一個比我小的人。等等我們別理那些酒鬼，一起喝氣泡飲料吧。」

「很抱歉我已經成年了喔，還有我是個大酒鬼。」莫時忍不住吐槽，這張娃娃臉總是讓他被誤認成國高中生。

「咦？華麗那麼大了？」一旁傳來興奮的女聲。

「大家看，華麗來了。」

「華麗跟我想像的一樣呢。」

「歡迎歡迎～～」

在臺北車站的集合點，大部分的公會成員都已經到了。

基本上和LINE大頭照給人的印象差不多。朝如青絲穿著一條長裙，一副知性大姊姊形象。霸北是個開朗但偶爾帶衰的上班族男性，貓耳控是個高中年輕少女。骷髏穿著普通的T恤牛仔褲，身形纖瘦。

一伙人裡頭，有個最顯眼的高挑男性，轉過頭與他四目相接。

「華麗，你來了。」

伏燁面容俊朗，笑起來溫和得如一陣微風颯爽，他主動朝莫時伸出手。

他下意識地伸手回握，對方的手指十分修長，握住時若有似無地撫過敏感的掌心。莫時一愣，趕緊抽手，耳朵都熱了起來。

伏燁挑眉問道：「華麗，你身旁這個人是……」

莫時身旁還站著另一個少年，金色短髮、藍眼睛、五官深邃皮膚白皙，像極了陶瓷娃娃。

莫時說：「對了，向大家介紹一下，這位是我朋友白夜。他是混血兒，不過溝通上沒有問題。」

「大家好，我是白夜。」金髮少年用流利的中文自我介紹，湛藍色的眼眸眨了眨，充滿好奇。

「你就是華麗推薦的幫手？」

「我第一次認識外國人呢。」

「長得真好看。」

公會成員嬉鬧著將白夜圍成一圈，好奇地觀看。

「好了好了，別嚇到人家了。」

清點完人數後，伏燁輕咳一聲，說道：「全部都到齊了，那麼就出發吧。」

假日的臺北車站人來人往，熱鬧非凡。

集合完畢，水藍公會一群人轉搭公車，浩浩蕩蕩地前往敵方下戰帖的地點。

目的地是一片廢棄的老舊空地，周圍人煙稀少，很適合做不良勾當。

走進廢棄空地，一眼便看到約十多個凶神惡煞壯漢，已經站在裡頭等著他們了。

「人來了？」為首的一名壯漢拿著手機上下比對，「我看看……你們是水藍公會的人，會長伏燁，就這些人？」

伏燁上前道：「是的。」

「好，確認完畢，和資料上一樣。」壯漢收起手機，嘴角有藏不住的笑意。

水藍公會雖然來了十多人，但大伙只是來參加網聚，真正應戰的人只有六個。分別是伏燁、莫時、白夜、骷髏、霸北和朝如青絲，其餘小伙伴則躲到一旁觀戰。

霸北搓著手瞪大眼睛：「挖賽，真的有人在等我們！」

骷髏嚷嚷著：「我說，這些壯漢只是受雇傭的打手吧。我才不相信今朝的會長望心和副會亞亞米長這模樣，他們本人根本就沒來。」

伏燁皺起眉：「又是同樣的手段，我們跳進對方的陷阱了。」

霸北：「話說回來，青竹絲姊，妳畢竟是女孩子，幹嘛堅持要一起上場？趁現在還沒開打，先離開這邊吧。」

朝如青絲淡淡笑著說：「不用擔心，我不會礙事的。倒是霸北，你運氣不好，怎麼也來了？」

霸北：「嘿嘿嘿，沒關係，我運氣差，正好可以倒霉對方。我不怕、不怕！」

莫時關注的點則和其他人不一樣，他輕拉白夜衣角，有些緊張地問：「白夜大哥，對方有十幾個，你沒問題吧？」

白夜挑眉，自信滿滿道：「大哥我什麼時候不行了。嘖嘖，莫時，你離開育幼院太久，忘記我過去的精彩戰績了嗎？」

在談話間，對方緩緩靠近，他們已被十多個壯漢前後包夾。

「呵呵，一群小鬼想學大人打架，給你們一點教訓瞧瞧。」壯漢首領雙手插著口袋，朝手下點頭示意。

一個壯漢色瞇瞇地搭上朝如青絲的肩膀。「這位妹妹倒是滿漂亮的，要不要陪哥哥玩一玩啊？」

朝如青絲瞪了對方一眼。「手拿開。」

「妹妹害羞了？」壯漢依然不肯放。

接著，神奇的一幕上演。纖細瘦弱的女孩子抓住對方的胳膊，藉力使出一記漂亮的過肩摔，將體型巨大的壯漢當場摔暈。

朝如青絲拍了拍長裙上的灰塵，站直身說：「不要碰我，我可是空手道國手呢。」

「呦，美女真凶啊。」壯漢首領吹了一聲口哨。

剩餘的壯漢接到首領指令，十多人縮小範圍，將他們團團包住。

「但是接下來就沒那麼容易了。」首領笑道。

白夜自信地一笑，主動上前一步。「交給我吧。放心，這點人而已，輕輕鬆鬆就能解決。」

語畢，不等其他人反應過來，白夜單獨走向前方的幾位壯漢。

水藍眾人當然有些錯愕，不過隨即想到，白夜是華麗推薦的可靠幫手！

華麗在遊戲中是尊大神，高手的朋友一定也是高手！這麼一想，擔憂馬上轉成敬佩，在安全角落們圍觀一切的水藍小伙伴，紛紛對白夜的瀟灑背影豎起大拇指。

「……白夜大哥，你千萬要小心呀。」

然而，莫時眼中的擔憂越發濃厚。

「對方只有十多人而已，白夜大哥，你別下手太重。」他意味不明地喃喃低語。

壯漢首領十分高興，這次接的零工太輕鬆了，對方的水準很明顯參差不齊，一看就知道是臨時組成的業餘人士。除了一個高個子比較令人顧忌，其餘壯漢首領全不放在眼裡。

業餘小隊八成是第一次鬥毆，等了半天，最後竟然是那個瘦巴巴的金毛小鬼站了出來，壯漢首領被逗笑了。

「哈哈哈，這個小矮子是阿豆仔耶，哪來的小模特兒？」

其他壯漢也嘲笑：「呦！小模特兒，你是不是走錯地方了。小心點，打傷那張漂亮小臉蛋可不會賠錢喔。」

「一個人過來好勇敢呀，你的同伴呢？該不會是被拋棄了吧？」

「現在哭著逃跑，還能饒你一……」

垃圾話說到一半，他們突然閉上嘴，原因是白夜猛然衝到眼前，一拳毆飛了其中一名壯漢。

其他壯漢愣了一下，反應過來，紛紛進入迎戰狀態。

白夜收起拳頭，雙眼危險地瞇起。

他似乎被激怒了，咬著牙一字一句說道：「你說誰矮？」

「啊？」壯漢們傻住。

白夜彷彿某個開關被打開，憤怒的業火熊熊燃燒。「吼吼吼，你們給我記住了，叫我矮子這個仇絕對會血債血還！」

「咦咦咦——？」壯漢不明所以。

金髮少年按了按手指，隨即衝上前揮拳踢擊，兩三下又制服了兩個壯漢。

別看白夜個子小，力氣卻很大。

兩三個壯漢從背後偷襲，死死抓住白夜手臂，藉著體型優勢想撲倒他，卻被白夜轉身一手反推，踉蹌地撞上身後牆壁，摔得頭昏眼花。

對方赤手空拳，單槍匹馬迎戰，然而在場的十多名肌肉壯漢竟沒人打得過他。

眼見同伴越來越少，壯漢首領被打怕了。在道上闖蕩多年，他一直相信「數大就是美、人多就是強」的道理，沒想到今天卻被一個年輕小子顛覆了世界觀。

尤其是金髮少年用的神祕招式，簡直讓人目不暇給。

這是什麼武術？

金髮少年揮拳的力道異常強，直接往最脆弱的臉部打，加上雙拳護臉的閃躲姿勢，乍看之下有點像拳擊手。

不過那挌倒敵人後壓在地上固定，再用力打臉的狠勁，又和摔跤的招式有點相似。

還有那過肩摔……那是柔道？空手道？

高超的踢擊技巧，難道是……跆拳道？

壯漢首領瞪大眼睛，哆嗦著道：「你、你這身打法是怎麼練出來？老師是誰？」

「老師？」白夜似乎感到好笑，「沒有，我在街頭上打著打著就練出來了。」

壯漢不相信。「怎、怎麼可能，在哪一條街？」

「我小時候住的地方，╳╳街，有點偏僻，但是我很喜歡那裡。」

「你說笑吧，那裡可是╳╳堂、╳╳幫、╳╳虎的舊據點啊。不過後來他們不知道為啥挪窩了。」

「喔，對呀，有遇過一群紋身大叔，不清楚他們是誰。話說，那些人走了之後街頭變很冷清，真的有點寂寞呢。」

壯漢首領不敢置信地退後兩步，眼前的這位……難道就是傳說中的街頭大煞星，導致╳╳堂、╳╳幫、╳╳虎搬家逃跑的罪魁禍首？

難怪，這個年紀輕輕的少年身負如此淵博的戰鬥技巧！

他吸收了各方黑道地痞鬥毆的精隨！用無數幹架經驗堆疊出來的極致武道！

眼前這人，可是赫赫有名的街頭地痞之王啊！

「大哥，我認輸了，饒了我們吧！」壯漢首領摸清楚狀況，果斷認輸。「我們〇〇幫兄弟只是被人雇用，與你們無冤無仇，行行好放過我們吧。」

「不行。」白夜早看慣了小混混的卑鄙手段，絲毫沒有同情之意。

他按著指節，骨頭發出恐怖的「喀喀」聲。

「哼哼，你們惹火我了，就要付出代價！」

「嗚嗚嗚嗚！」壯漢們含淚發出慘叫聲。

「糟了。」眼前慘狀簡直可以用凌虐來形容了，莫時不忍地閉上眼睛。

誰叫壯漢們一腳就踩中了白夜大哥的逆鱗：身高。

莫時想起以前他們還在育幼院時，外面街頭的小混混常欺負小孩。但自從白夜大哥大到能打架後，誰敢喊一句「沒人要的小孩」，白夜大哥就會找上門打得對方屁滾尿流、連媽媽都不認得。

自此之後，白夜大哥便獲得了孩子王稱號，混跡街頭無人能敵。他樂呵呵地收服了整間育幼院的小孩，不分年齡，全部認作小弟小妹。而小朋友們也敬佩萬分地喊白夜大哥，這也是莫時崇敬白夜的原因之一。

白夜大哥從小做任何事都非常完美，用獎學金考上國外知名大學，跳級完成學業，堪稱是育幼院模範代表。

可惜，唯一的缺點……只有身高一百六十五公分這件事了。

因此在白夜大哥面前，絕對不能提到小、矮、短之類的關鍵字。

只要有人講出關鍵字，白夜大哥就陷入發狂狀態，直到清除所有障礙物為止，誰也攔不住。

莫時覺得頭很疼。

前幾天白夜大哥在電話中聽到他被約出來打架，二話不說就答應幫忙。他多次保證自己可以一人抵十人用，絕對是最強戰力，讓莫時一度很放心。

確實，白夜大哥的戰鬥技巧絲毫沒有退步，反而更精湛了，但……現在要怎麼收場？他攔不住發狂的白夜大哥呀啊啊！

等等，莫時突然想通了，他似乎沒有義務要管壯漢的死活哦？

「呵，你大哥真是厲害呢。」伏燁倚著柱子雙手盤胸，一臉輕鬆地說。

莫時也放鬆下來，白夜大哥正在一個人「圍毆」所有壯漢，基本上沒他們的事。

往四周一看，骷髏、霸北、朝如青絲已經找空地坐下來，有一句沒一句地閒聊著。

連一旁觀看的其他公會伙伴都冒出頭，光明正大地吃起爆米花觀戰。

貓耳控：「我賭白色衣服的壯漢會吃下白夜哥最後一拳，一百塊。」

死神柯南：「我賭紅色衣服那個，兩百塊。」

霸北：「我跟！兩百塊。」

死神柯南：「啊，霸北，你別跟我賭一樣的人，我會被帶衰！」

霸北：「哼哼哼，跟我一起賭是你上輩子修來的福氣，要好好珍惜。」

死神柯南：「是福氣還是霉氣？認識你才是我這輩子最大的試煉，像打 SSS 級副本一樣艱難。」

霸北：「你說什麼？來真人PK啊，你這東京小學生死神！」
死神柯南：「靠北，怕你喔，來呀來呀！」
眾人：「哈哈哈哈！霸北和柯南要打起來了！」
一伙人竟然開始賭博了！
莫時環視周遭，向後退了一步，正好撞進一個寬闊的胸膛，一股不屬於自己的淡淡香味撲鼻而來。
一雙大手輕輕按上他的肩膀，穩穩扶住。
莫時轉過頭，對上了伏燁近在咫尺的臉龐，深邃的眼眸同時望著他。
「怎麼一臉苦惱，笑一個？」伏燁伸手捏了捏他的臉頰，一副得逞的表情。
「才沒有。」他別開臉，感覺臉上火辣辣的。
伏燁笑了笑。「肚子餓了嗎？我訂了很多人推薦的餐廳，大家差不多累了吧？等等一起去吃？」
「好呀，我超級餓。」莫時附和道。
至於那群壯漢呢？
管他的，發洩完畢，狂化的白夜大哥自然會收手。

三十分鐘後，他們來到「宣」咖啡店。

之所以選擇這間餐廳，是因為有部分的小伙伴只是貧窮的學生，負擔不起太貴的餐費。伏燁整理了眾人的意見，經過多方考量後，才選了這間網路評價不錯且價格中等的咖啡廳。

這間名字很奇怪的咖啡店位在高級地段，裝潢精美、食物非常美味，老闆卻有著小脾氣和獨特堅持。

許多部落客在網路上寫過這間咖啡店的介紹：不接受訂位，只能現場排隊；怕影響料理品質，不接受外帶；還有下雨天不開店，接待超過一百名客人就會關店休息等等……雖然規則多，但老闆不妥協的態度也同樣保證了餐點的美味，客人依舊絡繹不絕，每天排隊排到馬路上。

「這間咖啡廳……很有名呢。」莫時讚嘆道。

「我用團體價八折，把整間咖啡廳包場了。」伏燁說。

「你怎麼說服老闆破例包場的啊？」莫時問。

「祕密。」伏燁把食指放到嘴前，故作神祕地說。

「伏燁認識老闆啦。他認識的人很多，畢竟他家……咳嗯……」走在後面的骷髏湊過來一語道破，卻又只說一半，留下了懸念。

莫時點點頭表示理解。原來是靠關係，伏燁家很有錢嗎？

「喂喂……骷髏別破我哽。」伏燁無奈地抗議。

「不用特別隱瞞啦，伏先生。等等老闆過來跟你說話，大家就知道了。」骷髏哈哈大笑。

說笑間，眾人魚貫進入咖啡廳。水藍公會的網聚，正式開始。

「來，大家隨便坐吧，長桌看到的位置全都可以坐。」

伏燁已經請老闆安排好座位，將五張桌子並在一起，弄成一張大長桌，六人坐成一排，正好兩排坐滿十二個人。

「大家平常在 LINE 上喇賽晒照，應該都很熟了，不需要我介紹吧？」伏燁說。

「照片不夠，完全不夠！」一個綁著馬尾的女孩子誇張地揮舞雙手，這人的聲音很好認，是貓耳控。

女孩的星星眼拋向莫時。「天呀，我終於看到真人版的華麗了！」

「對呀，難得能看到大神的尊容，還有大神的神朋友，我要努力看用力看。」求神不如拜我說。

「哈哈，莫時，你真受歡迎呢。」幾句談話間，白夜也融入了水藍公會的友善氣氛。

「……」莫時卻有種被關在動物園裡圍觀的錯覺。

「嘻嘻，白夜哥已經大學畢業了，那華麗呢？看起來不大吧，高中生？國中生？」圓圈圈探頭問道。

「老大是大三生，年齡差很萌呢。」貓耳控說。

「犯罪了啦犯罪！老大，誘拐未成年違法哦。」鯊魚說。

水藍公會一個個都喜歡把他和伏燁湊對，有事沒事就故意調侃，莫時已經習慣了。

伏燁順勢搭上他的肩，湊過來說：「沒這回事，華麗十九歲，只比我小一歲，我們都是青春年華的大學生！」

「只差一歲？還以為老大吃嫩草。」貓耳控說。

「華麗竟然是娃娃臉，給老大賺到了。」圓圈圈說。

朝如青絲敏銳地聽出旋外之音：「咦，老大怎麼知道華麗比較小？你們私底下已經蕉流過啦？」

「咳……」莫時喝水喝到一半嗆到，心虛地撇開頭。

「怎麼不說我和華麗心有靈犀？」伏燁笑著轉移話題，「好了，別拍照閒聊，食物都要涼了，快趁熱吃。」

「喔喔——老大下手這麼快？」反而引來了更多嘻笑調侃。

長餐桌上，不時傳來水藍公會的聊天嘻笑聲。

「看，我養的貓超可愛吧！」

「青竹絲姊，妳是公會女性的榜樣，帥得我一臉血！」

「白夜哥～～你和華麗是怎麼認識的？你是混血兒嗎？要不要來玩《蒼空Online》？」

「喝酒喝酒，今天不醉不歸！」

「喵的，某酒鬼又發作了。」

「小說，你參加網聚還抱一本書幹嘛？」

「哼哼，文青的世界你們這些凡夫俗子是不懂的。」

「霸北，我從以前就很想問，你取這名字有什麼含意嗎？」

「嗚嗚，說來話長，我當時罵了一句髒話，隨手輸入當名字，卻不小心打成霸北，就用到了現在。如果人生還能重來，我絕對會遠離髒話……」

……

伏燁拉著莫時坐到窗邊角落的位置，自己則坐在他旁邊。

「吃吧。」伏燁順手幫他放好餐具、調整餐盤位置。

這位置真是不錯，光線充足，咖啡館的布置十分有情調，一幅幅藝術畫掛在牆上。

莫時隨手拿起叉子，慢慢咀嚼盤中的義大利麵。

好吃得差點連叉子一起吞下去！

他的雙眼發亮，接著加快了進食速度。

育幼院的規矩是吃東西不可以聊天，因為一整群孩子說起話來沒完沒了，用餐時間就不用結束了。所以莫時養成了良好習慣，吃東西時很認真，並不多話。

過了半天，莫時這才後知後覺地發現，自己盤裡的食物好像完全沒有減少？

抬起頭一看，伏燁正拿著麵包一片片地抹奶油，將剛出爐的香噴噴麵包放上他的盤子。

難怪盤子裡食物總是吃不完。

察覺到視線，伏燁往他的方向看，勾起嘴角一笑。

「嘴角沾到奶油了。」

他拿出紙巾，輕輕擦拭莫時的嘴角，看得出來沒有很熟練，動作卻十分溫柔。

莫時一愣，他看向盤子裡的麵包，順手拿起一塊，直接塞進對方嘴裡。

「再不吃要涼掉了，一起吃。」

伏燁低低笑著，沒有再繼續抹奶油，而是坐下來將剩下的麵包吃完。

兩人互相享受對方的餵食，吃得津津有味。

聚餐快結束時，骷髏拿起看上去十分專業的砲筒相機，擺好腳架，招呼大家站起來。

「來來來，照相打卡，拍張團體照當手機桌布！」

「等等，我要站在華麗旁邊！」鯊魚突然喊暫停，撥開人群想擠到莫時旁邊。

「我也要！鯊魚好賊，站華麗旁邊顯年輕。」圓圈圈嚷嚷著。

「那我也要，和大神合照的機會只有這一次。」霸北附和。

「我說，你們也可以站在老大旁邊啊，老大也是尊大神。」貓耳控說。

「才不要，站在老大旁邊顯矮又顯醜，根本自曝其短。」鯊魚咋舌。

「就是啊，老大的長相是男性公敵。」霸北說。

「喂喂，你們這是在誇我還是鄙視我？」伏燁跳了出來。

「是鄙視！」再度遭到眾男性一致長噓。

「嗚，霸凌！」

「唉呀，別搶別搶，要補妝的女生快去，臉大的站到後面，把臉小的推出來前面，對對，別掙扎了。」攝影師骷髏專業地幫眾人安排站位，「華麗太受歡迎，站中間。」

莫時左右兩邊都是人，擠得臉都快變形了，最後豁出去直接站到伏燁旁邊。果不其然，很有自知之明的眾男性自動遠離了伏燁，而眾女性也一臉壞笑地跟著退開。莫時得到了短暫的清靜，自然不想搞懂那不懷好意的笑是怎麼回事。

「小心點。」

伏燁伸出一隻手輕攬住他的腰，以防他被人群擠走。

莫時下意識地抬頭，正好看到伏燁低頭望著他，兩人的臉異常靠近，他好像可以數清楚伏燁那長長的睫毛。

莫時忽然覺得臉頰發燙，喵的，不會沒用地臉紅了吧。

他稍微側過身想隔出距離，散散熱，卻被伏燁從背後握住手，緊緊抓住。

莫時一愣，感受到微熱的體溫，他也回握住對方，兩人的掌心貼在一起。

「準備好了嗎，三、二、一！」

骷髏把腳架上的相機設定好自動倒數，在最後幾秒跑了回來，站到伏燁的另一邊。

水藍眾人同時喊道：「YA！」

這美好的一刻，永久地定格下來。

畫面上，水藍的成員將莫時和伏燁圍在一起，在那瞬間，每個人都笑得十分歡快。

準備離開前，莫時去了一趟洗手間，回來時碰巧被門口魚缸中肥嘟嘟的金魚吸引住了，逗留了片刻。

「你好，聚會結束了，餐點還行嗎？」

站在吧臺的咖啡店老闆朝他搭話，店長約莫三十歲，戴著眼鏡，氣質十分斯文。

「很好吃，尤其是白酒蛤蜊義大利麵，特別美味。」莫時回答。

「呵呵，那是我們店裡的招牌餐點。喜歡的話下次再來，我們隨時歡迎。」

老闆推了下眼鏡，目光裡充滿好奇。

「你一定就是華麗的週末了，伏燁提過你很多次。」

「嗯……對。」莫時愣了愣。

老闆笑著說：「你和伏燁形容的一樣，清清秀秀、娃娃臉，長得很可愛，一眼就能認出來了。」

伏燁究竟對其他人都說了什麼啊？莫時暗自記下一筆。

「呵呵，你應該很好奇吧，我和伏燁是鄰居哦。」

老闆似乎滿自來熟的，閒聊道：「我當過伏燁的家教老師，他小時候的成績沒有升上來，我們倒是成了好朋友。」

莫時點了點頭，認真地聽著。老闆把雙手放到吧檯上，繼續說道。

「後來伏燁聽說我有廚師夢，就幫了我一把。其實這間店算伏燁出錢投資的，哈哈哈，所以說伏燁的朋友就是我的朋友，你們能吃得盡興，我很高興。」

莫時聽得有些發愣，伏燁竟然是這間店的出資者，那人似乎真的頗有財力？

不難想像，伏燁的家世一定不差。玩手遊哪個玩家不課金，排行榜前幾名的高手都是大把大把地撒鈔票。伏燁雖然很低調，但不論是公會還是戰力皆是排行第一，肯定下了不少功夫、燒了不少錢。

況且，學音樂很花錢。

咖啡店老闆察覺到莫時眼裡的困惑，苦惱地一笑。「啊……看來我多嘴了，剩下的就讓伏燁自己告訴你吧。」

接著他便離開位置，回廚房繼續工作了。

同一時間。

水藍的公會成員吃飽喝足，陸陸續續移動到門口集合了。

「白夜，你的腳步不穩，沒問題嗎？」

伏燁在路途中停下，擔憂地望向莫時的朋友。

公會裡有個大酒鬼鯊魚，不但自己愛喝，還喜歡不停灌別人酒。不曉得為何白夜和鯊魚特別投緣，兩人一拍即合成為酒友，一起喝掉了整整五瓶葡萄酒。

「可以，但等會要讓莫時送我了。」白夜的頭其實有點昏，根據以往經驗，在醉酒後他會變得比平時更加粗手粗腳，完全放飛自我，為此鬧過不少笑話。最糟糕的是，隔天一定會宿醉，醒來後還會失憶，完全忘記大醉時發生的事。

今天他沒鬧事，表現算不錯了。白夜晃了晃頭，強打起精神。「還行，走。」

「我扶你吧。」伏燁拉住白夜的手臂，想環到自己肩上撐著他。

突然的身體接觸讓白夜停下腳步，瞥了一眼伏燁，似乎頗為訝異。「等等，莫時說，你是音樂系的？」

「是的。」伏燁不明所以。

「奇怪，不像呀……」

意味不明地低喃後，白夜轉身一推伏燁，瞬間把他壓制在牆上，雙手大膽地在伏燁的手臂上按壓。

「呃……」伏燁嘴角的笑容僵住，繃緊身體掙扎。

白夜皺起眉，上下打量：「你的身材，不像呀。」

白夜力氣驚人，正常人很難抵抗。在動彈不得之下，伏燁只能任由對方上下其手。

沒多久，對方總算摸夠了，白夜放開伏燁，眼神帶著肯定。

「你的身體經過長期鍛鍊，有格鬥習慣？」

「學過簡單的防身術而已。」伏燁聽出了言下之意，笑著說：「音樂系跟會打架……這兩件事不衝突，看來我讓莫時擔心了。」

白夜愣了愣，然後也笑了。

「雖然看不出來，不過莫時對你很上心喔，真的。他的個性倔強，成年之後很少找我幫忙的。」

伏燁盯著對方，眼裡閃過一絲情緒，白夜一頓，繼續說道。

「其實我這次來，是想順便看看那個叫伏燁的傢伙是何方神聖，竟然成功拐跑了我家小弟。」

伏燁淡淡笑著說：「其實還沒有，目前都是我一廂情願。」

「但是也不遠了，我今天都看出來了，莫時沒有拒絕你，不是嗎？」

白夜慵懶地靠著牆，語氣輕鬆。「你們之間的事，我不會管——我又不是什麼惡婆婆。現在都可以同性結婚了，只要莫時喜歡，那就好了。」

伏燁靜靜聽著，聽到那句「成功拐跑我家小弟」、「結婚」，心情不由自主好了起來。

也許因為白夜是個年輕人，也聽莫時說過他是海外留學歸國，這位大哥的觀念很開放，對同性之間的感情沒有牴觸。

未來的路或許會遇上其他障礙，不過，至少現在他得到了莫時家人的祝福，踏出了小小一步。

白夜說到最後伸出手，似乎想拍他的肩。「好好照顧莫時，我可是很看好你的，哈哈哈，要我當公證人也可以哦。」

「好的，謝謝岳……嗯。」

伏燁差點脫口叫爸爸，卻被對方的動作分散了注意力。仔細一看，白夜腳步十分不穩，眼神帶著迷茫，渾身酒味，幾次想拍他卻揮空……這個岳父大人看上去醉得不輕啊。

「咦，拍不到肩？好昏，怎麼會有兩個伏燁……啊變成三個了。」

白夜朝模糊的伏燁分身伸手，連抓兩次都落空。醉酒的他很快就惱了，隨便挑了中間的分身，更用力地一掌揮過去。

白夜用了八成的力道，強度足以將剛剛的壯漢甩出一條街。

這下終於碰到了——人也被他狠狠地推飛出去。

伏燁還在猶豫要不要扶岳父，卻猝不及防被狠推一把，踉蹌地退了十多步，最後撞到桌角才停了下來。

「唔……」

「啊！」

兩道不同的聲音響起，轉眼望去，莫時不知何時站在稍遠的轉角，目睹了全程。

從莫時的位置聽不清兩人的談話，他只見到白夜大哥先是把伏燁按到牆邊，兩人像是在聊著什麼。接著，白夜大哥莫名地抬手揮了兩拳，全部揮空，憤怒的白夜大哥使勁一推，直接把伏燁推飛十幾公尺遠。

他忍不住驚叫出聲。

莫時相當清楚，被白夜大哥的怪力拍下去會有多慘。

「沒事吧？」莫時趕緊跑過去，扶起半呆愣的伏燁。

「沒、沒什麼，我很好。」

伏燁此時才回過神，眨了眨眼，有些茫然。他左手扶著桌面，重新站起身，但右手卻伸到背後，避免讓人注意到。

「右手怎麼了？撞到桌角了嗎？」莫時敏銳地查覺到異樣。

伏燁搖了搖頭，嘴上說著「沒事」，卻怎樣都不肯伸出手來。

莫時好說歹說，伏燁這才慢吞吞地伸出緊握的右手，那無奈的模樣彷彿做錯事情的小孩。

莫時深吸一口氣，輕拉著伏燁的右手，一根根扳開對方緊握的手指。

在看清楚的瞬間，他的內心咯噔一聲，幾近窒息。

藏在裡頭的是血肉模糊的拇指，還有斷了半片的指甲。

他極力避免的事情，卻仍然發生了。

一個鋼琴家的手指，受傷了。

大神的正確捕捉法

How to Successfully Catch Your Legend

第三章

「所以，白夜大哥，你揮開伏燁時沒有控制力道，害人家的手撞到桌角，掉了半片指甲，這件事沒有印象？」

「呃，我弄傷伏燁？是這樣喔。」

「白夜大哥……你還有什麼想說的嗎？」

「……對不起，我認錯，但我全部忘記了！」

果不其然，酒醒後的白夜大哥徹底忘了。他只記得聚會上和酒鬼鯊魚聊得十分開心，兩人一瓶接一瓶地喝著酒，然後，就沒有然後了……

「莫時，那伏燁沒事吧？」白夜大哥可憐兮兮地問。

「沒事，我正準備餵食。他生龍活虎，好得很呢。」

莫時簡單向白夜交代一番後，便掛上電話。

從便利商店出來，他走向醫院的座位區，將茶葉蛋遞給伏燁。

「你要的茶葉蛋，看診等了一個晚上，肚子又餓了。」

「謝謝。」伏燁笑著接過。

「伏燁，真的很抱歉，我應該好好攔住白夜大哥的。」莫時愧疚不已。

伏燁笑得很賊。「沒關係，岳父大人不小心喝醉失控，完全能理解。指甲斷了一兩個月就能長回來，放心啦，可惜這陣子遊戲只能掛網休息了。」

「岳你個頭！你在想什麼東西！」

「或許是……丈母娘？」

「都不是！去死啦！」

莫時炸毛，握拳就想搥在對方肩上，但想了想還是收手了。他不對傷患下手，哼。

如電話所說的一樣，伏燁仍舊生龍活虎。

數小時前，水藍眾人頭一次見到血淋淋畫面，全都嚇壞了，一群人手忙腳亂招了計程車，火速把伏燁送醫院。

今天正值假日，大部分小診所都沒開，只能選擇大醫院。莫時上網查了下，貌似指甲斷掉屬於皮膚科範圍，但不論是哪一科的預約掛號都滿了。

大醫院的人潮多得可怕，他們只好現場掛號，慢慢排隊等待。

浩浩蕩蕩地來了十二人，護士小姐指了一處多人位置讓他們先坐，便去別邊忙了，畢竟指甲斷掉在一般人眼中只是屁大的小事。

原本他們想叫救護車，或是多花點錢掛急診，卻被伏燁否決了。他說自己只是皮肉傷，不想浪費醫療資源。

其實，眾人急得一團亂，伏燁本人倒是十分淡定。這個受傷的當事者還在嚷嚷著「今天太多人明天再來」、「在家可以自己包紮」等。

莫時一邊試想著自己包紮的可能性，一邊上網搜尋傷口沒處理好的後果。結果出現一堆血腥畫面：傷口發炎、潰爛、當下沒感覺之後痛不欲生、指甲長歪留下永久後遺症等等，嚇得莫時緊緊拉住伏燁，大喊千萬別自己處理。

就這樣等著等著，最後終於包紮完畢離開醫院時，發現天色已經一片漆黑。

他們竟然在醫院待了三個小時以上，回過神來已經是半夜十一點多了。

在等待的途中，一些年紀小的家有門禁，就先走一步。隨著時間越來越晚，大多數的小伙伴也一一離去。

莫時再三保證會留下來照顧伏燁，霸北、小說和朝如青絲等人才放心帶著白夜大哥先離開。

又或者是，故意離開讓他們能夠獨處？

伏燁看了手機。「現在趕過去火車站來不及了，已經沒車了。莫時，你和霸北他們定的飯店在哪？我們各叫一臺計程車回去吧。」

「不，叫一臺車就好。」莫時思索片刻，最後下了決定。「我不去飯店了，我們一起坐車回你家。」

「回我家？」伏燁還沒反應過來，有些疑惑。

莫時鼓起勇氣，說得更清楚一些：「你的右手受傷，做任何事情都不方便吧？我去你家，照顧你到手傷好為止。」

伏燁看著他，臉上的表情沒有變化，但莫時知道他現在肯定很驚訝，因為伏燁左手提的塑膠袋直接掉到地上，發出啪一聲。

愣了整整十秒，伏燁才發現塑膠袋掉了，連忙蹲下去撿。

「咳……你手受傷不能玩遊戲，不介意的話，我可以幫你解任務、升等，住在你家還可以順便幫忙打掃。反正我們離得很近，住你家也可以每天通勤去上課，完全不礙事。」

莫時還在努力推銷自己，說到中途聲音突然止住。

伏燁在他正前方，伸出手一攬，大手立刻環抱住了他。

身體陷入溫暖的懷抱，鼻間依稀聞到清爽香氣，莫時沒有掙扎，任由對方緊緊圈住自己。

這大概是他們認識以來，第一次身體親密接觸。

莫時對這個體驗卻不是很滿意。喵的，一百九實在太高了！

他自認不算太矮，卻仍然差了十三公分，頭頂只到伏燁的鼻子高度，他想看看伏燁還得抬高頭踮起腳尖。

身高壓迫下，莫時覺得自己就像隻小小雞可以被輕鬆拎起。難怪霸北他們要稱呼伏燁為男性公敵，在伏燁身旁，正常男性都會被被狠狠打擊，自尊心碎一地。

「莫時，你要來我家住……到我的手傷恢復為止？」

熟悉的聲音從耳邊傳來，低低的，帶著磁性魅力。

「嗯、嗯。」

「指甲長回來需要兩三個月呢？」伏燁問道。

「那我就照顧你兩三個月。」莫時毫不猶豫地說。

「真的嗎……呵，早知道指甲斷了你會來照顧我，我可能……」

「停停，說什麼鬼話。」

「呵呵。」

伏燁的嘴角帶著笑意，指尖撫上他的臉頰，被那深邃雙眼注視過的地方，隱隱發熱。

兩人的距離越來越近，伏燁低下頭，莫時以為對方會親他，差點閉上眼睛，不過伏燁只是蹭了蹭他的頭髮，把頭輕輕靠在他的肩上，然後抱緊他。

「糟了，我家現在很亂，要是知道你會來，我一定會好好整理的。」

「沒關係，去過我又小又髒的寢室狗窩之後，你就會知道你家肯定是天堂。」

好癢，莫時緊張得心臟砰砰跳個不停。

「莫時，先跟你說，我家養了一隻狗，很大很毛，最愛撲倒人，你要小心一點。」

「嗯……你說你 FB 頭像上的那隻黃金獵犬？以前育幼院也有養狗……我喜歡狗。」

揉了揉掛在肩上的柔軟頭髮，莫時頓時覺得伏燁也跟撒嬌的大狗差不多了，只是不會搖尾巴而已。

不過，這隻大概也愛撲倒人。

伏燁低低笑著，抬起頭望向他，輕聲問道：「莫時……這是同居的意思？你同意了？」

莫時感受到對方溫熱的體溫，渾身發燙，希望不要顯示在臉上。

「嗯，三個月的同居，先試試看吧。」

到了伏燁家，已經接近半夜十二點了。

伏燁開玩笑般催促著「怎麼不進來？不會吃了你」，莫時才從呆愣狀態回過神，跟著踏入眼前那棟碩大的建築物。

該怎麼說伏燁家呢……一眼無法看盡的大。

剛到門口時，兩名警衛便親切地朝他們打招呼。鐵門自動打開，印入眼簾的是一棟透天別墅，目測起碼三層樓，門前是種植著許多昂貴花卉的草地，一旁還有一座溫水遊泳池。

莫時看得眼花撩亂，若不是身旁跟著伏燁，還以為自己來到了什麼高級渡假村。

這種格局，完全不像學生的住所。

咖啡店老闆及骷髏在言語間透露的訊息沒有錯，伏燁比他想像中的有錢許多。

伏燁拿著鑰匙打開大門，介紹道：「歡迎歡迎，一樓是客廳和遊戲室、工具室，每層樓都有獨立衛浴，樓梯在轉角。我住在二樓，三樓是客房區，你在三樓隨便選一間睡吧。

「你先整裡一下行李，十二點半再下來一樓客廳，我記得冰箱裡還有些微波食品，等等一起吃宵夜。」

「好，我選這間，方便活動。」莫時選了一間靠近樓梯的房間獨自把行李安置好後，莫時坐在床上休息，喧鬧了一整天，好不容易有了難得的清靜時刻。

落地窗外，美麗的城市夜景一覽無遺，晚風徐徐吹著，十分舒適。

他隨意地摸索環境，順手打開了浴室。

浴室乾淨得一塵不染，彷彿從來沒人使用過，旁邊的架子上放了客用的浴衣、浴巾，以及一套全新的牙刷牙膏。

「喵的。」看到浴室格局，他終於忍不住罵了一聲。

客房比五星級飯店還高級就算了，連浴室都比他的整個宿舍房間還要大是怎樣?有沒有這麼有錢?

收拾完行李後還有一段時間，莫時想著自己奔波一天、還去了醫院，全身髒兮兮都是細菌，便脫下衣物走進淋浴間。

熱水淋在臉上，把疲憊徹底沖走，莫時閉上眼睛享受這一刻，實在是舒服極了。

五分鐘後，莫時擦乾身體，穿上自己帶來的換洗衣物，神清氣爽地走出浴室。

在房間晃了晃，莫時覺得有些無趣，若不是跟著伏燁回家，此刻的他應該正和霸北、小說、圓圈圈他們在飯店裡徹夜打牌聊天喝酒，鬧到飯店經理來抗議才是。

鬧得發慌的莫時打算到一樓看看，這棟別墅這麼大，肯定有什麼好玩的東西。

經過二樓時，莫時發現伏燁似乎還沒有離開房間，房內依稀傳來水聲。

伏燁大概跟他一樣，想洗澡沖掉一身髒汙吧……等等，洗澡？

伏燁的右手受傷，傷口能碰水嗎？

來不及細想，莫時大喊一聲「伏燁我進來囉」，直接一把拉開門。房門沒鎖，就這麼輕鬆打開了。

伏燁被嚇了一跳，從浴室走了出來。他的衣服似乎脫到一半，上半身赤裸著，下半身則是已經打開褲頭、低到不能在低的牛仔褲。

現場有點尷尬，莫時只是想在浴室門外說說話，沒料到會直接撞見半裸的伏燁。

兩人張大眼睛望著對方，現場安靜得只剩浴室中嘩啦啦的水聲。

「汪～～」

突然一隻金黃色生物打破沉默，猛然撲向他，莫時腳步不穩，退後幾步靠到門邊，被對方龐大的體型壓制住。

「哈哈哈，好癢。」莫時被熱情的舌頭洗臉攻擊，哈哈大笑。

「小不點，下來，別把人家嚇壞了。」

黃金獵犬聽見主人出聲，依依不捨地爬了下來，水汪汪大眼好奇地盯著莫時，尾巴瘋狂搖著。

「提正事！」莫時鬆了一口氣，回到正題，「我聽到沖水聲……幸好你還沒洗。」

「唔……我習慣先開水龍頭放水，再慢慢脫衣服，這樣水溫剛好。」伏燁簡單解釋後，問道：「我還沒洗喔，怎麼了？突然這麼熱情衝進來。」

莫時的臉微微變紅。「你的右手受傷，洗澡方便嗎？需要包起來洗吧？」

伏燁的右手拇指只包著簡單的紗布，並沒有任何防水措施。

伏燁摸著下巴，說：「嗯……我沒想那麼多，的確不能直接洗呢。淋浴的話，盡量不用到右手，避免碰到水，應該可行？」

「不行，多少會碰到飛濺的水滴，傷口碰到水會痛，而且紗布浸水潮溼，傷口也容易滋生細菌造成發炎，重新包紮更麻煩。」

莫時直接把這裡當自己家，在伏燁的電腦桌上找到塑膠袋，拆開剛才在藥局買的醫療用品後，朝對方招了了招手。

「起碼用塑膠手套包起來，你單手不好用，來，我幫你包。」

伏燁乖乖坐下，伸出右手。

莫時眼明手快，簡單幾下就包紮完成，他滿意地看了看自己的努力成果，說道：「防水完成，接下來，我來幫你洗澡吧。」

說完，便把伏燁推進浴室，自己緊跟在後。

伏燁委婉地表達抗議：「我只是指甲斷了，不是殘廢……真的可以自己洗。」

顯然在伏燁的認知裡，同居頂多是一起吃飯、幫忙做家事、一起聊天，不包含「一起洗澡」這件事，況且，他還是被洗的那個。

但莫時沉浸在自己照顧人的滿足中，根本沒在管的。

在伏燁絕望的目光下，浴室門被關上，然後上鎖。

莫時讓只穿著牛仔褲的伏燁面對牆壁坐在浴缸邊緣，自己則站在他身後。

「先擦後背，我要動手囉！」說罷，拿起溫熱的溼毛巾擦上伏燁的後背。

從背後看，伏燁垂下眼簾盯著某處地面，雙手不自然地扶著浴缸邊緣，耳根有些泛紅，感覺得出來有點緊張。

指尖無意間觸摸到對方滾燙的皮膚，莫時自己也有點臉紅了。

他甩了甩頭，不停催眠自己，他只是在幫助伏燁，單手洗不到後背，他只是在幫助對方，沒有別的意思，真的。

後背總算刷完，莫時馬上扔下溼毛巾，遠離身體觸碰的誘惑。

「咳咳，洗頭，輪到洗頭了。」

莫時保證道：「放心好了，我在理髮店當過一年的洗頭小弟，老闆娘說我技術不錯，特別讓我升職去把關洗頭小妹和小弟的服務。說起來，我可是洗頭部主任哦。」

一邊回想理髮店的工作經驗，莫時一邊翻著架上那排洗髮精和沐浴乳，唔……怎麼每一瓶都寫英文？全是外國牌子？

「可以用這瓶，拜託你了，大師。」伏燁偏過頭，看了莫時一眼。

「轉頭，看牆壁，不要亂動，不然會影響大師的表現，小心大師一激動就扭斷你的脖子。」莫時有些發慌，雙手輕壓住伏燁的耳際，把亂動的頭扳回去。

「好的，大師，我就靠你了。」伏燁的肩膀一抖一抖，低聲笑著。

莫時無視他，將洗髮精抹在手上，浴室瞬間充斥著淡淡的烏木香氣，原來伏燁身上的味道是洗髮精的香味。

伏燁用的烏木香洗髮精似乎是國外的牌子，莫時不動聲色地記下，也想去買一瓶來用。

他把搓出來的泡沫抹上伏燁的頭髮，輕輕噴上水，用指尖漫漫搓揉開。

伏燁的頭髮根根分明，髮質水潤，充滿光澤，沒多久泡泡便均勻分布整顆頭。

「客人，覺得服務如何？需要大力一點嗎？」莫時雙手並用，熟練地按摩頭皮。

「不錯，五顆星，很舒服。」伏燁像隻休息的貓，閉上眼睛放鬆身體。

莫時賣力地抓出泡沫。「伏燁，你的髮質真好，強韌有彈性，幾乎沒有分岔，平常有保養頭髮的習慣嗎？」

「沒有特別保養，這……說到頭髮，你的頭髮很也柔軟呢。」伏燁用左手摸向他耳旁的髮絲，笑道：「看，很軟很細，摸起來手感很好。」

莫時幾乎可以感覺到指節輕滑過臉頰的觸感，癢癢的，有點發麻。

短暫分神，握著蓮蓬頭的手歪了一下，水流偏移位置，順著髮絲浸到伏燁左眼。

「唔……」伏燁偏過頭瞇起眼睛，露出痛苦的神情。

「啊、手滑抱歉，我馬上沖掉！」莫時心裡喀噔一聲，手忙腳亂地拿起蓮蓬頭，輕輕沖掉泡沫。

「燙……」伏燁可憐兮兮地說。

「呃，太燙是不是？抱歉抱歉，我忘記蓮蓬頭的水溫比較燙了，馬上調涼。」

莫時單手撐著浴缸邊緣，越過伏燁伸長手去轉冷水開關。沾滿水滴和泡沫的浴缸十分滑溜，莫時用單手撐著，全部體重壓在邊緣。調整完水溫後，他放心下來，正想拍拍手站起身，這才感覺到自己重心有點不穩……

「小心。」

隨著伏燁出聲提醒，莫時手一滑，連驚叫都來不及，就已經一跤跌進了浴缸裡。

蓮蓬頭持續不斷灑著水，他的頭髮、衣褲全都淋溼了。莫時腦子亂哄哄地想著，還好他剛才調成了溫水，灑在身上並不會太燙。

不過，摔進浴缸裡竟然不痛，反而有點軟軟溫溫的。

呃……那是當然的，因為伏燁在最後一刻拉住了他，現在正被他壓在身下，及時成為了肉墊。

他們以奇怪的姿勢躺在浴缸裡，伏燁墊在最下面，左臂攬著他的腰，右手放在浴缸邊緣，而莫時面對著天花板，手上握著蓮蓬頭，一臉茫然。

莫時愣了好一會，才找到自己的舌頭：「啊對，我要調水溫，結果跌進浴缸了。」

「我……看你腳步不穩，想拉住你，結果也跟著跌進來了。」伏燁低低笑著，似乎對預料之外的進展感到有趣。

尷尬過後，莫時立刻雙手抵著浴缸想站起來，不過浴缸又滑又窄，到處都是大量水滴和泡沫，兩個大男人擠在裡頭，幾乎沒剩下什麼支撐點。莫時掙扎半天，竟然腳一滑跌回原處。

在底下動也不動的伏燁，又被壓了一回。莫時趴在伏燁肩上，想死的心都有了。

新聞報導裡，那些在浴缸裡跌倒送醫的倒楣案例，都是真的！喵的他實在太倒楣了！

尤其是這種面對面交疊的曖昧姿勢，和遊戲裡蓮花水池的溼身畫面竟有幾分像。

難道，他和伏燁在遊戲裡一起跌水裡，現實中也一樣逃不過溼身命運？

這是溼身 PLAY？

啊啊啊啊，他絕不承認！莫時拚命甩頭，把可怕的想法揮出腦袋。

「呵，氣沖沖的，在想什麼？」伏燁輕笑，伸出左手捏了捏他的臉頰。

伏燁手上帶著一絲水氣，連帶讓他的臉頰也染上了溼意。莫時望向對方，好在伏燁的右手仍安穩地放在浴缸外，沒有沾到水。

莫時說道：「我原本想幫忙，結果卻……唉，壓著你很重吧？」

「不會重，你很輕。」伏燁被兩次壓在身下，心情依然頗好，左手緊緊摟著莫時的腰，看起來像兩人緊緊環抱著對方。「你這麼少肉，看來要多吃點呢。」

這次，莫時手腳並用地飛快爬出浴缸，沒有再發生失誤。

雖然中途亂七八糟的，起碼把伏燁的背刷完、頭髮也洗完了。

「那接下來……」伏燁眨了眨眼睛，語氣保留，眼神無辜地望著他。

洗完頭髮，洗完後背，就剩下……莫時的視線不自覺地往某人的下半身看……

伏燁穿的牛仔褲吸了水，顏色變深、緊緊貼在腿上，加上褲頭打開，在拉扯間拉鍊開得更低了，隱隱約約露出了一點形狀，性感無比。

「就、就這樣了，搓身體用左手也辦得到吧，剩下你自己洗！」

莫時大吼完，覺得羞恥萬分沒臉見人，頭也不回地衝出浴室。

不過沒幾秒，莫時又蹦蹦蹦地衝了回來，臉上的紅暈清晰可見。

「不、不對，我還沒幫你擦頭髮，和檢查傷口有沒有浸水！」

「喔。」伏燁頭輕倚著門框，眨了眨眼睛。

「浸溼對傷口不好，要趕快重新包紮。」莫時咕噥著。

「對啊，一隻手不好吹頭髮，頭髮的水也一直滴進眼睛。好難過喔，莫時。」

伏燁的嘴角帶著笑意，順從地低下頭，讓自己溼漉漉的腦袋靠近對方。

拆開防水措施，確認伏燁的手指沒有沾到水後，莫時用毛巾幫對方擦乾頭髮，順便也擦了擦後背。

伏燁乖乖坐著，像隻大娃娃般任由著莫時動東動西。

伏燁的全身都溼透了。沾了水珠的頭髮全撥到耳後，露出額頭和稜角分明的俊朗面容。暖棕色的眼眸十分清透，仔細一看，依稀能映照出莫時拿著毛巾的模樣。

幾滴水珠落下，觸碰到高挺的鼻間、下巴，然後性感地滑落到頸間，隨著伏燁的喉結一動，水珠紛紛落了下去。

更多水滴自鎖骨滑落，一路蜿蜒路經壯碩的胸膛，順著腹肌的凹陷處流淌而下，最後落入下半身那半遮的神祕暗處。

平時的伏燁喜歡聊天、開玩笑、賣萌裝可憐，給人的感覺既溫和又親切。靜態的伏燁則多了一股截然不同的感覺，突顯出高挑英俊的特質，簡直像個誘人的性感模特兒。

莫時的視線不知道該放哪，只能低頭盯著自己的手指，一邊念著南無阿彌陀佛，心慌意亂地做完全程。

結束後，伏燁輕拍他的肩，遞出一條新毛巾。

「謝謝你幫忙，拿去擦一擦吧，你全身也溼了。」

莫時一愣，低頭看了看自己。「真的呢……溼得很徹底。」

他像是從河裡剛爬出來的水鬼，從頭到腳滴著水，連自備的拖鞋都浸溼了。

剛才洗的澡等於白洗了，再加上因為緊張又流了不少汗，看來等等要再洗一次了。

伏燁笑嘻嘻地說：「莫時，要不要我幫你擦？」

「多謝，但我不需要傷患勉強幫我的忙。我也要洗澡，先回房間了，剩下的你自己慢慢洗吧。」

莫時將新浴巾掛在肩上，推開浴室門，慌亂地離開這塊是非之地。

大約十二點半，和伏燁約定的宵夜時間到了。

莫時的房門卻毫無動靜。

約到了三十五分，房門才緩緩打開一條縫隙，露出一雙明亮的大眼，左右張望。

確認外頭無人，莫時花了一分鐘幫自己做心理準備，才將門整個拉開，躡手躡腳地踏出房門一步。

莫時雙手抱胸，縮著身體，走路有些扭扭捏捏。

要是平時，這絕不是他的風格，莫時不管到了哪裡都是大辣辣的，生命力堪比小強。

為什麼會這樣呢？這要回朔到十分鐘前。

莫時在自己房間內快樂地洗完第二次澡，出浴室時，他才悲劇地想起自己並沒有帶其他的換洗衣服。

原本今天他和霸北他們要在飯店住一晚，因此莫時只簡單帶了一套衣物。而在不久前，他為了幫伏燁洗澡，把唯一一套乾淨衣服弄溼了，現在他竟然沒有一件能穿的衣服？

莫時翻找行李箱，把溼衣服翻來覆去地檢查，最後只確認除了內褲，其他衣服都溼到不能穿了。

怎麼辦？溼衣服拿去烘乾，要多久才能穿？還是穿回舊衣服嗎？

正在猶豫時，他看到房間的桌上放著一個陌生的紙袋，上面有張紙條寫著「不介意的話，先借你穿」，字跡工整。

大概是伏燁在他洗澡時進了房間，留下了乾淨的衣服。

莫時打開來紙袋，裡頭是普通的牛仔褲和白襯衫，質料和手感很好，設計也很有很品位，只是不知是哪個外國牌子。

他兩三下便穿好衣服，尺寸稍微偏大，袖口幾乎蓋到了手指，褲管則是需要向內捲幾圈。

延著樓梯慢慢走下樓，濃郁的食物香味撲鼻而來。

伏燁已經坐在一樓客廳的沙發上，前方的矮桌上擺滿了各種食物……披薩、汽水、義大利麵、炸雞薯條等等，香味撲鼻。

「衣服如何？」伏燁的目光停留在他身上，深邃的目光似乎參了一點情緒。

「能穿，稍、稍微大了一點。」莫時彆扭地拉了拉衣領，希望能減少衣服和身體的接觸面積，但可想而知，只有心理作用罷了。

「哈哈哈，畢竟是我以前的衣服，大一點很正常。我這邊還有一整衣櫃的存貨，都是些舊衣服，莫時如果有需要，隨時可以換著穿哦。」

伏燁拍了拍身旁的沙發，顯然是特意為他留下的位置。「來，坐這邊。」

莫時從眼花撩亂的餐桌上挑了一跟薯條吃，喃喃問道：「你怎麼知道我沒換洗衣物？」

伏燁笑著：「這不是很簡單嗎？你回到家先洗澡了，溼了第二套衣服就沒換洗衣物可以穿啦。」

莫時點點頭，想著對方可真是觀察入微，善解人意。

「來，吃吃看這個章魚燒口味的披薩，超好吃的。」說話間，伏燁又往他的嘴裡塞了一塊披薩。

濃郁的海洋風味夾帶著起司，在舌尖慢慢擴散開來，莫時久久沒有進食的肚子被填飽了，味蕾得到極大滿足。

「好餓，大約六、七個小時沒吃東西了呢。」莫時加快了進食速度，像倉鼠般塞了滿嘴。

「對呀，我覺得快餓扁了。家裡只剩微波食品，明天帶你去吃更好吃的東西。」伏燁說。

莫時誇張地說：「不不不，微波食品也很好吃了。比起來，醫院的食物簡直不能下肚！」

兩人在客廳和樂地大快朵頤，不時傳出嘻笑聲。

「小心吃，別嗆到了。」伏燁只吃了一兩根薯條，便伸手順著莫時的背，不時拿出紙巾幫對方擦嘴巴。

莫時當然默默看在眼裡，卻不知道該如何回應。

思索一番後，他說開口：「伏燁，謝謝你。你借的這些衣服……真是幫了大忙。我明天回宿舍一趟，洗完晾乾之後會拿來還你的。」

「沒有關係，如果你喜歡就送給你吧。」伏燁笑著說。

「那怎麼行，這些衣服太貴了。」

「沒關係，只是些舊衣服。同類型的衣服我還有很多，不嫌棄的話就送你穿吧。」伏燁委婉地說。

「喔喔……」

莫時自然沒有嫌棄，會表現得有些彆扭，純粹只是因為這身衣服屬於伏燁而已。

難道……有錢人會把名牌衣服隨便亂送？貧窮限制了他的想像力，他有點搞不懂了。

莫時一愣，突發奇想道：「還是說伏燁你有潔癖？不穿別人穿過的衣服？」

潔癖這種行為很多人都有，像是莫時自己就絕不和別人共喝一杯飲料，共用一根吸管。

如果伏燁有潔癖，那就完全說得通了。

「我沒有這方面的潔癖，不過說起來，我從沒借衣服給其他人過，也無從比較啦。」伏燁無奈地說。

「喔喔。」莫時臉色一變，似乎打算再說話，伏燁卻搖了搖頭，率先打斷。

「莫時，我希望可以互相聊點自己的事情。」

「唔。」莫時緊張地閉上嘴，愣愣地看向伏燁。

「你不用太在乎衣服，這只是小事。」伏燁淡淡一笑，「相較起來，你這三個月要來照顧我，付出的心力遠比衣服貴重許多。」

語畢，伏燁露出一抹神祕而性感的微笑，在他的注視中站起身，拿出手邊的紙巾，輕輕擦掉莫時嘴角的番茄醬。

「你的臉沾到東西了，呵。」

低低的嗓音在他耳邊傳來，伏燁沒有坐下，反而撐起身，將目光轉向他。

「如果衣服的事情讓你很不安，那麼，是不是我可以拿回一點點報酬？」

莫時愣在原地，嘴巴微張，呼吸大亂，腦內卻想著無關緊要的事。

他才剛把番茄醬從嘴邊擦掉，現在的臉應該很乾淨吧，起司沒黏在衣領上吧，牙齒間沒有殘留芝麻粒吧？

伏燁朝他越靠越進，最後抬手勾住下巴，讓他抬起頭，與伏燁正臉對看。

「莫時，我有點忍不住了，要跑請趁現在……不然……」

「跑什麼跑，我莫時敢做敢當。」莫時打斷對方，換來伏燁一張錯愕的表情。

氣氛變得十分曖昧，感覺到一雙手下滑環住他的腰，莫時緊張得滿臉通紅，閉上眼睛不敢再看。

沒多久，他感覺臉頰印上不屬於他自己的痕跡，額頭、鼻間、兩頰，全落入細碎的親吻之中，嘴唇則被對方的手指摩娑著輕輕一按，微微打開了。

莫時忍不住偷睜開一隻眼，在唇與唇相碰的那一刻，一股電流同時竄上了兩人的身體。明明只是嘴唇與嘴唇互相觸碰，感覺竟然如此不一樣，就像被對方吸引著。

他們的初吻綿長且令人享受，好一陣子兩人才分了開來。

伏燁極近的俊臉就在眼前，他聞到屬於對方的男性氣息，鼻間充斥著烏木香的淡淡氣味，令人暈眩。

有些粗糙的手指撫過他的臉龐，幾縷髮絲滑落到額前，莫時低下頭輕喘著氣，長長的睫毛微微顫抖著。

「再來一次……好嗎？」

伏燁眼神一黯，有些控制不住地托起他的下巴，俯身再度吻了上去。

他緩慢地、溫柔卻帶有些挑逗地輕吮莫時的嘴唇。

莫時在第二次接吻時找到了感覺，有些鬼使神差地伸出舌頭，嘗試地輕碰那人的薄唇。

伏燁愣了愣，微微一笑，隨後探出自己的舌，探索對方嘴內的每一處，再輕輕啃咬著他的嘴唇。

兩人吻得難分難捨，互相感受著對方的味道，怎麼也嚐不夠似地吸吮著。雙方的氣息交雜在一起，急切地交換著熱意，再也分不出吻與被吻的人是誰。他們順從著自身最誠實的欲望，一點也不憋扭，也沒有害羞。

莫時沒有計算他們到幾親了幾次，但最後一次吻完，他的神智幾乎飛離了身體。

莫時甚至不知道自己是怎麼走回房間的，他整個人暈呼呼的，比醉酒還可怕。回過神，他已經在伏燁的攙扶下趟到了床上，時間是半夜兩點。

「晚安，莫時。」

「晚安。」

臨走前，伏燁低下頭，在他的額頭上落下一個晚安吻。

莫時撫摸著額頭被親吻的地方，另一手按著自己滾燙的胸口，躺在床上一動也不動地盯著天花板。

也不是沒想過會變成這樣……早在他要求住進伏燁家時，彼此就心照不宣了。

畢竟沒有一點好感，怎麼可能會住進別人家幫忙呢？

回想這一整天發生的事，也真是夠激烈的，彷彿半年份的情侶進度在一天內被他們趕場跑完了。

同居、洗澡、淫身PLAY、男友襯衫、接吻，該做的都做了，不該做的也做了。

其中，男友襯衫這件事讓莫時特別在意。

喵的，他穿起來超合適，就像女孩子穿男生的襯衫一樣，寬寬鬆鬆大大件的，這是怎麼回事？

哼哼，他要扳回一城，改天讓伏燁穿穿他的衣服！（意義不明）

另外就是，他感覺到伏燁的吻技可能……疑似……非常好？

在莫時這十九年的人生之中，他不曾有過接吻經驗。不過，沒吃過豬肉，也看過豬走路嘛。電影小說天天演著類似的東西，誰不知道接吻是怎麼一回事。剛才他……根本是被伏燁一路按著吻得神魂顛倒呀。

他不免胡思亂想起來。伏燁在遊戲中是萬人迷、黃金單身漢，連好友骷髏也曾開玩笑地說過：「伏燁女人緣好過頭，喜歡伏燁的女人排隊可以排到喜馬拉雅山。」

難道伏燁身經百戰，扮豬吃老虎很久了嗎？

莫時躺在床上，手指撫摸著被吻得發紅的雙唇，方才的激情還未退去。

似乎……他也該來加緊訓練一下。

同居第一天，就在兵荒馬亂之中度過了。

第一天結束了，但還有三個月呢。

大神的正確捕獲法

How to Successfully Catch Your Legend

第四章

隔天，莫時起了一大早，六點整便整裝出發，坐車回到學校宿舍。

熟練地輸入密碼鎖，打開門，行李箱拖拉的聲響吵醒了寢室一票人。

床位在門口附近的人揉著眼睛呻吟：「誰呀？半夜偷偷摸摸闖進來？這麼破爛的宿也有人要偷喔？」

「哼哼，偷你的頭，張大眼睛看著，你們的一家之主——本大爺回來了，跪下來歡迎吧！」莫時踏進門故意大喊一聲。

果不其然，超大嗓門吵醒了所有人，當場就炸毛了。

一顆枕頭朝莫時猛砸過去，凶手從床上跳起，嚷嚷著：「靠杯喔，莫時，大半夜吵什麼吵！這時間回來幹嘛？不知道大伙還在睡覺？」

「早上七點多了，你們這群夜貓子該爬起來吃早餐啦！本大爺特地回來叫你們起床，懷著感恩的心接受吧。」莫時拿起枕頭用力扔回去，大力拉開窗簾，將一隻隻懶蟲拖下床。

寢室的哀嚎聲遍起。

「喔喔喔，太陽，不，我瞎了，要變成灰了！」

「去死啦莫時！不到中午十二點根本不算早上，你太殘忍了！」

「就是嘛，早八簡直是煉獄，要是我當選總統，絕對立法廢除早八！」

「從沒上過早八的總統，絕對不會當選的啦！」莫時吐嘈道。

床位最靠內的室友推了推眼鏡，說道：「莫時，我記得你和網友去外宿一晚，怎麼提早回來了？發生什麼事了嗎？」

另一個室友也湊了過來。「喔對欸，我想起來了，你揪網友去幹架，怎麼樣？贏了吧？」

「《蒼空 Online》我也有玩，那個會長叫……伏、伏燁是吧？莫時有遇到本人嗎？」

「伏燁長得如何？是不是一臉宅樣？」

「不不，我看過 FB 大頭照，那傢伙可帥了，還溫溫和和人畜無害，根本就暖男系大帥哥。」

「帥？哼哼，有比我這全寢顏值擔當還帥嗎？」

「我呸，我們寢的顏值擔當是莫時好嗎，鄭與南，你充其量只是吉祥物。」

「哈哈，鄭與南，就你這副肥宅樣也想跟別人比，去照照鏡子吧。」

「喵的，我天天吃豬腳補充膠原蛋白，努力拉高了全寢的平均顏值，你們這群死肥宅少忌妒我的美貌，到旁邊玩沙去！」

「好了好了，暫停。」莫時趕緊阻止這群人無限鬥嘴下去。

一伙人嘻嘻哈哈地鬧了一陣子才休戰，隨後將目光全集中在莫時身上。

其中一個人眼尖地發現：「咦？莫時，你身上這件是誰的衣服？我怎麼沒看過……」

「唔，這個……你們注意到了？」莫時不自然地拉了拉衣領。

自稱是潮牌知識王的鄭與南，眼睛一亮。「不得了，是W牌的限量太陽款！網路上一件要幾十萬！」

「真假？莫時，你去哪弄來這件衣服的？」

「聽你這麼一說，那件牛仔褲也好眼熟，難道是D牌限量版，全球只有十件的超稀有珍品？」

「肯定不是你買的，莫時，你去哪認識了有錢朋友，順便搞一件給我吧？」

室友們精神一震，熱烈地將莫時團團圍住。

「衣服是跟別人借的，這、這麼貴呀？」莫時的動作不再粗手粗腳，深怕弄髒衣服。

他腦筋一動，正巧眼前有一群人，他順口問道：「對了，我問你們一個問題。」

「儘管問！」鄭與南揚起眉。

「這個問題……有點難以啟齒……」

「扭扭捏捏的幹嘛啊？快說！」一群人異口而聲。

「就是……那個……你們有沒有接過吻吶？」

莫時從小在育幼院長大，連女生的小手手都沒牽過，戀愛經驗十分匱乏，和伏㦧一比，對方很明顯技高一籌。

有些不甘心的莫時便想向室友討教，以免自己落於人後。

莫時從來沒像這樣展現過害羞的一面，扭扭捏捏的態度引人遐想，室友們一眼就看出來：這傢伙的春天到了！

在眾人的興奮追問下，莫時彆扭地吐露細節：

「嗯，接吻……把舌頭伸過去，是正常的嗎？

「我……被按在懷裡，動、動不了，勉強只能動肩膀吧……

「對方有點高……我要踮腳才能對視……身高差有點令人沮喪，咳嗯……不要墊高，我是不接受鞋墊的……

「那個……我好像掌握不了呼吸頻率，差點就沒辦法換氣了，是不是該去游泳練肺活量了？」

「……」不知不覺間，室友們沉默了。

他們互看一眼，眼裡的疑惑多得要滿出來了。

他們的好室友莫時去一次網聚就開竅了，可喜可賀，但是……好像哪裡怪怪的？

平常人頂多是牙齒碰牙齒、咬到嘴唇、鼻子撞到一起這類的小意外，不過莫時遇到的接吻問題似乎更進階了，他們完全無法給出意見。

最讓他們困惑的是，莫時一百七十七公分的身高放在寢室裡已經無人能敵，竟然被對方輕鬆按在懷裡親——莫時，你究竟是去哪找的巨人大力女啊？

「咳，就知道問你們這群單身狗沒用，當我沒問吧。」

莫時說話的音量越來越低，眼見室友的臉色變幻莫測，他輕咳一聲，乾脆不說話了。

談話間，莫時已經把自己的衣物整理完畢，拉著行李箱再度走出大門。

「咳，總之，以後這狗窩就留給你們啦，我有一陣子不會回來了。」

「什麼，說了一大堆轉身就走了？你回來還沒半小時吧，要去哪？」

眾人瞪大眼睛，其中一人激動得連咖啡都噴了出來，滴到衣服上也沒發現。

莫時說道：「我剛沒說嗎？我要暫時外宿三個月，去網友家住。當然，只是住的地方換了，還是會乖乖上課，社群軟體都會上，要找我不難喔。」

莫時拖著行李箱，頭也不回地踏出門，只留下一句話——

「我要去和人同居了，別羨慕，再見。」

寢室中，足足一分多鐘後才傳出吶喊聲。

「等等，這麼說……是剛剛那個伏燁嗎？是伏燁對吧？」鄭與南突然像被雷打中般想通了一切。

「啥……對對對哦！沒錯，剛約出來見面的遊戲會長？伏燁？」

「喵的，肯定是伏燁，莫時換了衣服過一晚才回來，你說，他們會發生什麼事！」

「才和網聚對象見面，隔天就決定同居？莫時這小處男進展是不是太快？」

「莫時長著一張娃娃臉很危險呢，記得新生訓練那次嗎？好幾個學弟偷偷找他告白。」

「不過學妹倒是一個也沒有。」

「哈哈，因為莫時只喜歡聊遊戲，講話直接又少根筋，女生的暗示完全沒聽懂，憑實力單身。」

「話說回來，那個伏燁……真有這麼帥嗎？」

「……」

「你在想什麼啊鄭與南！談戀愛要有感情基礎呀，一套潮牌就讓你彎了嗎？你這麼沒有靈魂嗎！」

「幹嘛，我、我突然想起來，莫時最近常神祕兮兮地打電話跟某個男生聊整夜……不過誰沒網戀過，撇除對方是男的這一點，這也沒什麼吧。」

「網戀不可靠呀，不可以被外表迷惑！對方只不過長得帥，有錢買十幾萬的潮牌，遊戲裡很威很強大，根本不值得一提……喵的，好像真的各方面條件很好？」

「話題越來越歪了啦，幹嘛歧視同性戀，莫時玩遊戲好幾個月了，他們又見過面聊過天，誰說沒有感情基礎？」

「也是，莫時有多難追，大家都知道，沒有一點耐心辦不到。」

「沒錯，莫時那傢伙完～全沒有戀愛細胞，憑實力母胎單身，對方肯定追得很辛苦。」

「……好吧，我也有點好奇對方長得如何？」

「我想起來了，伏燁是排行第一大神，《蒼空 Online》可以自由瀏覽榜單玩家的大頭照。」

「不早說！你有下載遊戲吧？快掏出來給大家看看。」

「快快，掏出來！」

「滾開，本大爺敢掏出來你還不敢看呢！」

「矮油～真的有帥……」

「扣扣。」

房門被敲響了，伏燁如臨大敵，倏地站起身，向來雲淡風輕的臉色大變。

「莫時，可不可以……不要。」

「不行。」

伏燁不由自主連連後退，被強硬地拉住手腕按在窗邊，表情十分抗拒。

「好吧，我知道躲不掉，小力一點，可以嗎？」

「我答應你，這次絕對會很溫柔，也會慢慢來。」莫時溫柔地說。

五分鐘後。

「……莫時，慢點，我覺得我不行了。」

「才這麼一點就不行了，你是不是男人，試試看，再來一點？」

「啊……你騙我，明明說會慢慢來。」

「不騙你，照這個進度要用到什麼時候？來，再一下。」

「一下子這麼大力，好痛！」

「忍一忍，加油，最後一下。」

「唔……」

莫時一口氣撕掉紗布，連帶狠狠扯開傷口，已經結痂的傷口依然血肉模糊，觸目驚心。

伏燁動也不敢動，伸著手，眼睛緊緊盯著天花板，臉色蒼白。

莫時熟練地換藥、重新包紮，然後拍了拍伏燁的後背安慰。「誰叫你硬要跟著我一起洗小不點，傷口碰水發炎，這下更痛了吧，活該。」

「一天不碰水簡直想死，話說回來，指甲斷不影響彈鋼琴，兩者沒有關係的。」伏燁嘴硬。

「就你不怕死。」

莫時狀似親密地牽住伏燁右手，輕輕一按，換來對方更僵硬的微笑。

莫時和伏燁同居三天了。

除了第一天他成功幫對方洗了頭、刷了背，之後伏燁便開始躲著他，不在他面前脫衣服了，大概是不願意「被」洗澡。

莫時試過像變態一樣挑準時間硬闖浴室，但幾次都沒有成功，因為伏燁學會了——鎖上浴室。

別看伏燁總是掛著溫溫和和的微笑，脾氣好又隨和，但是他堅持的東西，絕對沒有商量的餘地。

莫時嚴正表達不滿。他特別搬來住，又不給洗又不給做事，同居根本就沒有意義呀。

於是，為了展現同居有意義，伏燁丟了一隻狗給他洗。

莫時改成每天洗一次黃金獵犬「小不點」，不知不覺洗出了興致，洗著洗著，連伏燁也加進來一起洗，便演變出剛剛那段對話。

莫時回想起過去三天的種種，嘴角隱約笑了起來。

「說到鋼琴……你家有兩臺鋼琴，大廳和房間各一臺，你平常都用這兩臺練習嗎？」

伏燁家有兩臺漂亮的鋼琴，一臺在大廳，剛進門就能一眼看見，展新的全白琴身十分炫目；另一臺則在伏燁的房間，這臺是常見的黑色鋼琴，能明顯看出琴身略舊，不過保養得宜。兩臺鋼琴都十分漂亮，堪稱藝術品。

「是的，在我四歲時父母買了第一臺，從那時後起我就離不開鋼琴了。至於客廳那臺，是我最近搬家時新買的。」

伏燁左手撫上黑色鋼琴，眼神柔和。

「房間這臺鋼琴跟了我十七年了，是我最好的伙伴。」

「十七年？幾乎跟你一樣大呢。」莫時一臉感興趣地繞著鋼琴看。

「嗯，學鋼琴的人多半從很小就開始練習了。」伏燁解釋。

「真有毅力。」莫時一笑，「對了，伏燁，我想聽你彈鋼琴，可以彈彈嗎？」

莫時打開琴蓋，像個大外行一樣伸出一根手指亂按琴鍵，發出單調的聲響。

似乎是覺得很好玩，莫時吃吃笑了，隨後才慢半拍地想起來：「啊不過，你現在手受傷，會不會不方便？」

「沒問題。」伏燁坐上琴椅，「單手也可以彈的，你想聽什麼？」

「都可以，鋼琴是……古典樂吧？我知道的曲子也不多。」

「好的。」伏燁笑著提醒道，「先說，鋼琴音偏輕柔，一般人大概會想睡覺哦？」

「沒試試怎麼知道呢？挑你喜歡的曲子吧。。」莫時笑笑地回應。

雖然可能聽不懂，不過他願意試試看，也許聽著聽著，他也會喜歡上鋼琴曲？

「呵呵。」伏燁溫和一笑，「我隨便彈幾首，你試聽看看。」

伏燁僅用左手按著鋼琴，簡單的動作重複著帶出一串音節，彷彿是魔法般，交織出一首旋律。

「熟悉嗎？」伏燁明知故問。

「當然聽過，垃圾車的歌。」莫時吐槽一句。

伏燁解釋道：「垃圾車的配樂是世界知名的古典樂曲『少女的祈禱』，呵，那這首呢？」

莫時睜大眼睛，回憶著：「啊，這在國高中的頒獎典禮常常聽到，這首我知道，叫做軍隊進行曲，作者叫……舒、舒伯什麼的……」

「是奧地利作曲家舒伯特的作品。」伏燁笑著：「古典樂其實在日常生活中隨處可見，很有趣的。鋼琴的音域廣，能彈的東西非常多喔，這首你猜猜看？」

伏燁又一連彈了幾首熟悉曲子，甚至彈起了明星熱門歌曲，後面整個變成猜歌大會，莫時一個人猜得很開心。

他眼睛一轉，目光忍不住從琴鍵上的手指轉到對方臉上。

陽光從窗戶透進來，灑落在俊朗的側臉上。

伏燁微低著頭，垂著眼簾，褐色眼眸專注地凝視著琴鍵，幾縷髮絲垂落在額前，被高挺的鼻梁隔了開來。從莫時的角度來看，這人充滿了男性魅力。

莫時渾然不覺地緊盯著對方，感覺視線再也轉不開來。

音樂不知不覺地停下，伏燁望了過來。

「莫時？」低低的嗓音帶著一絲疑惑。

直到對方有些不好意思地抓抓臉頰，再度呼換他的名字，莫時才猛然回過神來。

查覺自己失態地盯著對方看呆，莫時急急撇開視線，臉色微紅。

「呃，你剛剛說什麼？」

「剛才那首歌如何？」伏燁耐心重覆了一次。

莫時哪還記得什麼歌？他剛才只顧盯著對方的臉欣賞帥哥，根本沒在聽。

莫時想了半天，給出評語：「你的指速好快，一次要按那麼多琴鍵，像八爪章魚一樣。」

「……」伏燁無言。

「你有測過操作速度嗎？APM「多少啊？」莫時問。

「以前有測過，最高大概將近310吧。」伏燁說。

「真的嗎？我測也是310。」莫時被勾起了興趣，「聽說超過300以上就是職業選手等級，APM測試會根據網路速度和熟練程度有所差異，不如我們再測一

1　APM（Actions Per Minute），直譯為「每分鐘操作數」，指即時戰略遊戲中每分鐘能操作的指令數。

次……」

事實證明，莫時不僅完全沒有藝術細胞，還是個無藥可救的遊戲狂。

兩人閒聊了一兩個小時，直到將近中午，肚子餓得咕嚕咕嚕叫。

伏燁問：「對了，我們連早餐都沒吃，莫時，你餓了嗎？想吃午餐？」

「有點餓。」莫時按了按肚皮，裡頭空空如也。

「想吃什麼？我來做。」伏燁貼心地說。

說是來照顧伏燁，莫時覺得自己反而被對方照顧了。這幾天吃吃喝喝，被養得肥肥胖胖，體重不減反增，情況有點糟糕呢。

莫時除了玩遊戲沒別的特殊技能，沒半點烹飪常識，偶爾一次想大顯身手，卻把雞蛋放進微波爐，差點炸了廚房，嚇得他再也不敢嘗試烹飪。

伏燁的手還發著炎，莫時不想再添麻煩，思索後便說：「伏燁，我們偶爾去外面吃吧？」

「好。」伏燁同意。

兩人簡單拿了錢包便出門，找了附近一家生意很好的牛肉麵店打發掉一餐。

回來時還有一些空閒時間，兩人便順道去隔壁百貨公司逛逛。

「這品牌的巧克力，我以前小時候很喜歡吃。」莫時經過一家精緻小店，停下腳步。

「進去看看。」伏燁說。

一到門口，一名男店員立刻熱情迎接：「歡迎歡迎，我們店裡販賣的熱戀巧克力套組，很受情侶喜歡哦。」

莫時被突如其來的直球砸到，差點被自己的口水嗆死。

「不是。」莫時支支吾吾地說：「呃……不是情侶，不過勉強算是熱戀中吧？」

其他人當然聽不懂這些謎之解釋。

店員察覺兩人間的詭異氣氛，一臉尷尬：「抱歉，那你們是朋友？」

「也不是……」莫時急得腦袋發慌。

該怎麼回答？貌似他和伏燁還在曖昧階段，不算真正再一起。但他們親都親過了，說沒有關係，連莫時自己都不相信。

店員此時內心正在哀嚎，戀愛這種敏感問題果然不該問，他就是太八卦了！

在一片僵局中，伏燁走到莫時身旁，淡定地握住他的手：「那個，我們同居了。」

一句話，包含了眾多意思。

莫時暫時石化了，店員倒是眼睛一亮，變得更加興奮。

「呵呵呵，真是浪漫的男朋友呢。」店員呵呵笑著：「來來來，店裡還有很多好東西，我幫你們打九折，盡量逛！」

店員的熱情飆漲，這情況在伏燁拿出黑卡結帳時燃燒到最高點，簡直可以從眼睛射出煙火了。

「祝你們幸福唷～」店員在門口大喊著。

莫時飛也似地逃離此處。

經過巧克力事件後，兩人在回家途中一路無言。

「莫時，你不需要在意。」伏燁走到他身旁，輕聲說道。

「唔、嗯。」莫時含糊地點頭。

周圍陷入沉默。

「不過，莫時，我是認真的。」伏燁提醒道。

莫時猜伏燁大概會說，「不論多久我都會等你」。

果不其然，伏燁再度開口，表情有些視死如歸。

莫時發現，在親眼見到本人後，伏燁每次對他說話，眼底都帶著奮不顧身，好像以後可能再也沒有機會了。

在遊戲裡還沒什麼感覺，但是在現實中，伏燁總是小心翼翼，極盡溫柔地對待他，彷彿他是個易碎物品。

好像預設好了，自己總有一天會拒絕他呢？

為什麼？他又不會跑掉。

「停。」在伏燁說話前，莫時捂住他的嘴。

「我真的沒有在意。」莫時自顧自地說道，「被人誤會……代表我們之間看起來有那麼一回事吧？這樣……滿、滿好的，至少代表我們很登對吧。」

「哦？」伏燁愣愣看著他，看來似乎還沒回過神。

「我是說……對於交往這件事，我沒有不願意。」

莫時紅著臉，覺得自己快要缺氧而死了，不過他堅持著把話說清楚，不再逃避。

認識至今都是由伏燁單方面主動追求他，這次，輪到他主動一點了。

「伏燁，我們交往吧。」

伏燁眨了眨眼，大概沒料到會被反告白吧，好一陣子說不出話來。

良久，伏燁說道。

「那麼，我希望是以結婚為前提來交往。」

伏燁從身後抱住他，像隻大型犬撲過來掛在他肩上。

「不論兩人差異，一起同生共死。莫時，你願意和我結婚嗎？」

莫時慢了半拍才想通，伏燁指的是遊戲結婚。

「不論兩人差異，一起同生共死」這是遊戲 NPC 在玩家結婚時，會說的經典臺詞。

不說別的，光是第一句「兩人差異」，便是兩人的寫照。

他和伏燁的背景差異巨大，伏燁是富裕家庭出身的孩子，而他只是個孤兒，再加上貧富差距、家庭觀念、興趣職業……這中間的種種困難，在未來都是一大挑戰。

不過，莫時相信自己能克服困難，與伏燁走到最後，直到死亡將他們分開——在人生中攜手前行、不離不棄。

他笑笑地回應：「怕什麼，老子敢作敢當，結婚就結婚！」

隔天。

莫時慵懶地瞇著眼，悠悠哉哉地躺回床上，單手滑著手機。

輸入帳號密碼，登入遊戲。

——華麗的週末，上線了。

【公會頻道】霸北：「華麗上線了！」

【公會頻道】朝如青絲：「號外號外，主角上線了！」

【公會頻道】骷髏：「華麗，今天天氣好，日子好，非常適合結婚呢。」

【公會頻道】華麗的週末：「安安，好久不見，大家好（ⒾεⒾ ʔ）」

結婚的消息顯然已經傳遍全公會，莫時毫不意外自己一上線便被各方恭賀瘋狂洗頻。

【公會頻道】死神柯南：「恭喜，華麗終於同意嫁給老大，我好感動呀。」

【公會頻道】圓圈圈：「真的，老大痴情了這麼久，終於追成功了嗚嗚嗚。」

【公會頻道】鯊魚：「一次網聚就搞定對方，老大動作真快呢。」

【公會頻道】華麗的週末：「喂喂，明明我也是男的，為什麼我是被追、嫁人的那個啊？」

【公會頻道】霸北：「——咦，不是嗎？CP位置錯了？」

【公會頻道】朝如青絲：「——欸，難道華麗想當攻？」

雖然聽不太懂，但事情攸關男人的尊嚴，莫時覺得自己有必要矯正大家的觀念，於是選擇性地說道。

【公會頻道】華麗的週末：「才沒有這回事，真過分，明明人家才是主動的那方(╯ ɑ益ɑ)╯彡┻━┻」

【公會頻道】圓圈圈：「喔喔喔喔，竟然是華麗先告白的嗎？」

【公會頻道】求神不如拜我：「那老大他……處於被動狀態？」

【公會頻道】骷髏：「原來 CP 站錯邊，看不出來，真看不出來啊！」

【公會頻道】貓耳控：「嘿嘿嘿嘿，又有新題材了，靈感源源不絕，公會 CP 本指日可待。」

莫時隨便投下一顆震撼彈，成功把公會頻道炸得雞飛狗跳，之後便悠悠哉哉地離開了。

莫時一邊閒聊一面走路，在眾人的一票祝賀中走進婚禮會場，他看到畫面上站了一排人。

穿著白色短禮服的貓耳控，以及白色西裝的小說等人，在會場等著他。

華麗的週末：「……你們這身裝扮是？」

貓耳控：「伴娘！」

以你為名的小說：「伴郎！」

蘿莉控、正太控、金髮控、制服控：「花童！」

「成年」的花童們圍著金髮祭司轉圈，根據的貓耳控的說法，她一個人囊括了所有伴郎伴娘和花童組。

華麗的週末：「伴郎和伴娘都在我這，伏燁那邊呢？」

貓耳控：「老大說一個人好快樂，叫我們不用管他啦。」

以你為名的小說：「華麗哥，我只想跟著你！」

「討厭啦，我也需要一個人靜一靜。」華麗的週末發出一道火球，把伴娘伴郎和花童們全都掃到一邊去。

公會頻道笑成一團。

「哈哈哈哈！誰叫你們要鬧華麗！」

「準新人發飆了！開始無差別攻擊了，去阻止一下！」

「我等不及要看華麗和老大的婚禮裝了，錄影已準備好。」

「別玩得太誇張，否則老大要被逃婚了。」

直到系統開始公告，莫時這才停下打鬧。

【世界頻道】系統提醒：「玩家〈伏燁〉和玩家〈華麗的週末〉的婚禮將在十分鐘後舉辦，新人邀請所有玩家們參加喜宴！」

十分鐘後，他被自動傳送到婚禮現場。

《蒼空 Online》十分人性化，婚禮步驟可以隨自己喜好調整，由於他和伏燁是男男結婚，所以直接省略了開場步驟，也沒有伴娘和伴郎相陪，單純就是兩人並肩走在紅毯上，到神父面前互相交換誓言、戒指。

系統結婚動畫自動播放，他來到一座宏偉的教堂前，一扇大門緩緩開起，一個高挺的劍士赫然出現在他面前。

伏燁換上一身簡潔的黑色西裝，由於職業為劍士，腰間依然配上一把鑲著金邊的長劍。

莫時看了看自己的人物，金髮祭司也換掉一身藍色長袍，不過他的西裝是奢華的黑色燕尾服。

水藍的成員和聞風而來的群眾坐在走道兩旁的木製長椅上，伏燁踏著紅毯朝他走來。

現實中，伏燁則是坐在他旁邊，他們一人拿著一支手機，距離就在咫尺之間。

伏燁抬起頭，朝他說了句：「燕尾服……你穿起來真好看。」

莫時的心情頗好，勾著對方的肩膀笑道：「是嗎？看來是我的新郎眼光好，這件衣服是他挑的。」

「呵呵。」伏燁被他逗笑了。

不得不說，伏燁的眼光不錯，祭司穿一般西裝顯得太瘦，換上設計華麗、剪裁優雅的燕尾服反而十分合適。

觀眾席上的群眾也興奮地狂吼著洗頻。

【世界頻道】喵喵喵：「啊嘶！婚禮開始了，還好我進得快，不然差點沒位置了！」

【世界頻道】左青龍右胖虎：「啥？我有沒有看錯，華麗的週末和伏燁，他們不都男的嗎？」

【世界頻道】叔叔不可以：「上面這位仁兄，你活在哪個時代，第一天玩？本服名人伏燁和華麗的週末，灰姑娘的故事你有沒有聽過？」

【世界頻道】真真：「這我可以，金髮祭司穿什麼都好看，好腰好腿，我好興奮、我好興奮啊！」

【世界頻道】沒有人：「劍士不愧是遊戲裡最受女性歡迎的職業，那身大肌肌實在太迷人了～～」

【世界頻道】麻辣白開水：「嗚嗚嗚，伏燁！本服最受歡迎的第一小鮮肉，竟然結婚了。」

【世界頻道】名字剛好七個字：「好男人去哪裡找？這世界的好男人不是GAY就是已婚，說得一點也沒錯。」

【世界頻道】蘿莉控、正太控、金髮控、制服控：「錄影！拍照！一輩子的紀念！」

伏燁和華麗的週末接受眾人的祝福，並肩走在紅毯上。

NPC祭司長拿著書，莊重地進行婚禮流程。

接著輪到他們互相誓言：

「我選擇你，作我法律上婚姻的丈夫。

「我倆互相扶持，從今天開始，無論是好，是壞，是富，是貧，疾病中或健康時，都相愛相依，直到死亡將我們分開為止。」

動畫中他們說完所有誓詞，流程大概需要五分鐘，莫時看著螢幕，一心二用地手捏著枕頭玩。

「吃點東西吧。」伏燁摸出一盒包裝精巧的巧克力。

莫時打開一看，是金幣巧克力。

對了，上次去巧克力店遇到一個天兵店員，導致他那時六神無主，隨便選了架上一盒巧克力便離開，巧克力也在塞給伏燁之後就徹底忘了。

原來他拿到了金幣巧克力呀，感覺有點不太划算，金幣巧克力在普通的柑仔店也買得到。

莫時剝開一顆金幣，濃郁巧克力香在嘴裡散了開來。

「會不會太甜？」伏燁問。

「不甜，很香，味道剛剛好。」莫時點點頭。

「那就再吃一點。」伏燁將整盒巧克力遞給他。

有時後莫時覺得，伏燁簡直像餵豬般在養著他，想把他餵得胖嘟嘟的。但他還是津津有味地吃完第一顆，又拆了一顆金幣。

剝開包裝時，他隨意一瞥，意外發現一個小驚喜。

接著，他剝開其他金幣確認，每顆金幣上都淺淺刻著「MS & FY」——莫時和伏燁的英文縮寫。

記號不深，又藏在包裝下，所以第一次吃的時候他沒有發現。

刻著兩人名字的金幣，就像是結婚戒指一樣。

「莫時，好吃嗎？」伏燁再度詢問。

「好吃，你要不要也吃一個看看？」莫時心裡冒出一個壞點子，忍不住揚起笑。

「好呀。」

伏燁渾然不覺危險即將到來，接過一整盒金幣巧克力，正低頭翻找時，突然被猛力一推，按到床上。

莫時跨坐在對方腰上，整個人覆在伏燁上方，雙手捧著對方的臉，對著嘴唇直接親了下去。

「唔……」很快地伏燁不動了，任由著對方撬開牙齒，濃郁的巧克力味侵入口中。

「巧克力，好吃嗎？」莫時結束了深吻，舔了舔嘴角沾上的巧克力碎沫。

「很美味。」伏燁輕喘著。

「唔……」莫時感覺到腰被輕輕一按，整個人翻轉了一圈，他躺倒在床上，感覺一道陰影籠罩在上方。

伏燁用手輕輕抹掉莫時嘴角的巧克力，說道：「不如，再來一次？」

下一個深吻到來，但這次伏燁轉守為攻，吻得莫時神魂顛倒，幾乎喘不過氣，頻頻求饒。

兩支手機隨著兩人的動作，掉落到床邊。

畫面上，劍士正對著金髮祭司宣示。

伏燁：「華麗的週末，不論兩人差異，一起同生共死，你願意和我結婚嗎？」

華麗的週末：「我願意。」

一個月後。

——華麗的週末，上線了。

【公會頻道】以你為名的小說：「華麗哥，今天是本人還是伏燁代打？」

【公會頻道】華麗的週末：「本人。怎麼了？」

【公會頻道】以你為名的小說：「我有點好奇，華麗哥你和老大上個月結婚到一半突然沒回應，是發生什麼事？」

【公會頻道】華麗的週末：「那個啊，網路不穩，不小心斷線了。」

【公會頻道】以你為名的小說：「是這樣呀。我上次問老大，他卻不告訴我。」

【公會頻道】貓耳控：「小說哥是笨蛋，你是真的不懂還是裝傻？華麗跟老大目前在同居，結婚不是氣氛正好嗎？所以突然消失一定是……嘿嘿嘿。」

【公會頻道】朝如青絲：「嘿嘿嘿～～」

【公會頻道】貓耳控：「嘻嘻嘻，多了本本題材啦。」

【公會頻道】以你為名的小說：「……喔，我好像懂了不想懂的東西。」

公會頻道裡再度出現謎樣回應。莫時趕緊閃人，留給伏燁去解釋。

轉眼間，他和伏燁同居已經過了一個月。

在他的精心換藥照顧下，伏燁的手傷好了很多，但因為上次泡水發炎，傷口還沒有完全痊癒，也還在等指甲慢慢長好。

目前伏燁的手恢復到可以施放簡單技能的程度，自動打怪、解任務還行，但比較複雜的副本或打鬥依然不太靈活，即使勉強去打，失誤率也高。

這一個月內，莫時同時玩兩隻帳號，天天幫伏燁跑任務賺經驗，經常兩隻人物交換來交換去，讓公會眾人眼花撩亂、一頭霧水。

伏燁對莫時相當放心，同居當天便把自己的帳號密碼和家裡備份鑰匙給了他。禮尚往來，莫時也把自己的帳號給伏燁，兩人交換著使用。

雖然擁有鑰匙，不過莫時也不會隨便進伏燁房間就是了，他怕走不出來……

莫時伸個懶腰，看向牆壁上貼著的時刻表。伏燁今天早上有四堂課，中午才會回家，而莫時則剛好整天沒事……好，那就趁早幫伏燁解完任務吧。

熟練地輸入帳號密碼，莫時登入伏燁帳號。

螢幕中，拿著長劍的黑衣劍士緩緩現身，身上裝備隱隱發著暗光，頭頂上則放著「水藍會長」和「華麗的週末的丈夫」兩個稱號。

一般玩家可以看見排行榜上玩家的基本資訊，不過裝備資訊是隱藏住的。想當初，第一次打開伏燁的裝備欄時，莫時整個被嚇傻了。

這……全身金光閃閃呀，裝備、寶石、寵物全都是最高階級，武器來自隱藏副本的BOSS「米華歐爾」，掉落率只有1%，市面上僅此一把的頂級神裝。若不是伏燁走低調路線，將武器和裝備外觀的特殊效果關掉，僅透露出暗光，伏燁絕對會變成超大型的移動七彩霓虹燈。

莫時足足盯著螢幕十多分鐘，估算裝備價值，隨便一個都是天文數字，有些寶石甚至有錢也不見得買得到。就算他擁有同樣的時間和財力，也不一定能到達伏燁現在的戰力。

排行榜第二名「望心」的裝備資訊沒有設定隱藏，相比起來，原本莫時覺得挺強的望心就顯得相當普通了。這就是土豪和平民的差距啊，蒼空第一玩家的裝備果然名不虛傳。

之前莫時還想著要超越伏燁，現在看起來光是裝備就差了一大截，得努力很久很久了吧。

他大概是第一個看到伏燁的真實屬性數值的人吧。

讚嘆一番後，莫時回想起要幫伏燁做任務，結果點開任務欄後再度傻眼。

伏燁竟然接了九十九環任務！

九十九環任務……玩家間俗稱「要人命任務」，必須在一天之內解完，任務內容全是收集昂貴難找的材料。

九十九環任務全部解完經驗非常多，但是超級吃力不討好。主要是材料稀有，並不好找，多數玩家沒蒐集完就先破產了，而且一天內沒解完整個任務會被重置，所以儘管經驗多，很少玩家有耐心跑完全程。

查看歷史訊息，伏燁竟然天天解九十九任務！

這下他連想死的心都有了。好吧，伏燁的等級確實頗高，也許高手維持排行第一的祕訣就在這。

慢悠悠地接了第一環任務，莫時在公會頻和世界頻裡一則則徵收任務物品，做好長期抗戰的準備。

沒多久，便收到骷髏的私訊。

【私人頻道】骷髏：「你是華麗對吧？」

【私人頻道】伏燁：「對，我幫伏燁代練中，你怎麼知道？」

【私人頻道】骷髏：「哈，我就知道。你在解九十九環對不對？伏燁每天習慣解那個任務，所以其實有收一大堆材料備貨，根本真‧土豪一個。」

【私人頻道】伏燁：「有嗎？我翻過倉庫和包裹，都沒看到材料耶。」

【私人頻道】骷髏：「我記得他嫌整理麻煩，全塞在左下角那個小欄位。」

莫時隨著指示看過去，左下角只有一個東西……垃圾箱。

垃圾箱……其實系統原名叫做「暫存箱」，一個星期會自動清空所有東西，通常玩家只會放些不要的雜物垃圾或便宜的任務物品。

莫時點開來一看，伏燁的垃圾箱果真放了滿滿的昂貴材料，扣掉了剩下天數的任務物品，多餘的昂貴材料將在一個星期後自動消滅，想想就肉痛。

他猛然回想起，之前某次和伏燁閒聊，他一時興起問道。

「伏燁，你有多少遊戲幣？」

「這個嘛，九。」伏燁回答。

「什麼？」

莫時當時很疑惑，九？只有九元嗎？怎麼可能？

順手打開包裹，不意外的，裡面有著滿到極限的遊戲幣99,999,999。

原來這個傢伙根本只看左邊第一個數字，沒在管後面的。嘖，有錢就是任性。

【私人頻道】骷髏：「有錢人真討厭，對吧。」

【私人頻道】伏燁：「嗯，超想打爆他的。」

除了第一天登入伏燁帳號遇到的「小問題」，接下來的解任務過程都十分順利。

莫時一代練就練了一個多月，經常開著伏燁的帳號到處帶練玩家，摸索著劍士的玩法。

有時後為了好玩，他和伏燁會直接交換帳號玩，他開劍士、而伏燁開金髮祭司，就這樣跟著公會眾人一起打副本練功。

兩人從來沒玩過其他職業，伏燁依然習慣衝到最前面，把自己當成暴醫，而莫時也常忘記自己是劍士，跟在後面想補人，導致整團大亂。

明明是精英團隊，卻頻頻滅團吃土，鬧出不少笑話。那幾天公會頻道眾人笑得要長出腹肌，熱鬧非凡。

這天，他們再度交換角色玩，目標是推倒新手村小BOSS。挑戰團湊齊人數，浩浩蕩蕩地出發了。

正準備進副本，突然從新手村竄出一道人影。

「伏燁！」

一個穿著普通新手裝的金髮的女祭司走向他，頭上ID顯示著「靈靈」。

「你是伏燁……對吧？」

「這個女孩子是誰？」看著女祭司繞著他的人物轉，莫時轉用公會頻道詢問。

「我不知道，沒印象。」伏燁在公會頻道說。

【普通頻道】伏燁：「我們認識嗎？」

【普通頻道】靈靈：「大概兩個月前吧，你在新手村遇到被王殺回城的我，便跟我組隊一起打副本解完任務，你忘了嗎？」

兩個月前……有段時間了，似乎是莫時加入水藍之前的事。

【普通頻道】靈靈：「我們有加好友！」

莫時打開好友欄一看，確實，她在伏燁的好友清單中。

看來伏燁路過新手村順手幫了一個女孩子，被對方深深記住，本人卻轉眼就忘了，嘖嘖。

【普通頻道】靈靈：「伏燁，我一直想著你。我知道你是水藍的會長，肯定很忙，忘了我也沒關係。你看，我們現在又見面了，可以重新認識～」

女孩這句話一出口，意圖十分明顯，氣氛瞬間十分詭異。

莫時差點忘了，伏燁十分俊朗、戰力強大、性格溫和，在遊戲中相當受歡迎，還曾被票選為最英俊男性第一名。他們結婚時，有無數個女孩子在世界頻哀嚎痛哭，大喊著世界上沒好男人了。

看來，這個女孩子是伏燁的愛慕者之一。

【普通頻道】伏燁：「好呀，重新認識，那我們交換名片吧（ò◡ó）」

顏文字雖然是笑臉，卻讓人不寒而慄。

【普通頻道】華麗的週末：「……」

【普通頻道】骷髏：「呃……我什麼都不知道。」

霸北甚至使用廁所大絕：「我突然肚子好痛想念馬桶了，先、先走一步了大家。」

【普通頻道】朝如青絲：「啊，我想起有一部韓劇還沒看，追劇去、追劇去。」

【普通頻道】伏燁：「靈靈，我先去打王，晚點再聊。」

【普通頻道】靈靈：「好、好的。」

莫時沒忘記正事，和女孩子簡單交流之後便告別對方，帶著整支隊伍先去打新手村小王。

打完整場副本大約花了半小時，結果出來時，遠遠就看到一個金髮女祭司望著他們。

不得不佩服她的毅力，靈靈一直在副本門口等他們。

【普通頻道】靈靈：「伏燁，你已經結婚了？」

大概是看到劍士頭頂上的稱號「華麗的週末的丈夫」，女孩慢了半拍才發現實情，態度有些著急：「什麼時候結的婚？為什麼要結婚？」

莫時忽略對方緊迫盯人的態度，耐心地回應。

【普通頻道】伏燁：「是呀，我已經結婚了。」

【普通頻道】靈靈：「可是華麗的週末是男的，你們是普通朋友吧，難道……只是玩玩的嗎？」

【普通頻道】水藍公會眾：「……」

公會眾人在旁聽了簡直要暈倒，心裡 OS：這位小姑娘真搞不清楚狀況，不提老大和華麗交換帳號玩，現場裡華麗的週末就站在伏燁旁邊呀，妳說的這是人話嗎！識相的話就閉上嘴趕快離開啊！

【普通頻道】華麗的週末：「不是。」

一直沒有說話的伏燁突然出聲。

【普通頻道】靈靈：「？」

【普通頻道】華麗的週末：「我和華麗的週末並不是玩玩，我們是真心相愛才會結婚，所以很抱歉，靈靈。」

【普通頻道】靈靈：「……你們……交換帳號玩？」

靈靈這才恍然大悟，剛才盧了這麼久的對象並非伏燁本人。

【普通頻道】靈靈：「從剛才就是……呃……那麼我……」

靈靈的腦袋瞬間當機，她就像個笑話一樣，對著情敵華麗的週末侃侃而談，一股腦地表達著好感。

【普通頻道】靈靈：「……好吧，抱歉打擾了。」

良久，金髮女祭司慢慢走進傳送陣，正當大家以為她終於要離開時，她扔下了最後一句。

【普通頻道】靈靈：「但是，伏燁，我不會放棄的。」

女祭司的身影，逐漸消失在傳送陣之中。

【普通頻道】伏燁：「真是個奇女子。」

莫時淡淡地評價。

雖然首次沒給伏燁留下印象，不過第二次出場時，靈靈在所有人心中留下了深刻印象，久久不忘。

隊伍在一片詭異的低氣壓中解散了。

遊戲事件結束了，而現實生活中面臨的苦難還未結束呢。

當天的晚餐時刻。莫時滑著手機，若有似無地瞥了伏燁一眼。

「……伏燁，你不會是對金髮祭司情有獨鍾吧？」

伏燁心裡咯噹一聲，直覺不妙，差點滑掉手上端著的盤子。

莫時慢悠悠地說：「不然為什麼專挑金髮祭司搭訕呢？那個女孩和我都是金髮祭司……真是湊巧呢！對了，還要配上藍色長袍吧？是不是因為祭司長得別可愛嘛？你喜歡這一型的？」

「只是剛好同一個職業……」伏燁說。

「是嗎？」莫時拿起手機，螢幕上顯示著某位女孩微笑著的照片，他再接再厲，「你看，她的大頭照長得真可愛，可以當小模特兒了，莫非你也喜歡清純可愛型？」

「你還截圖了……」伏燁臉冒黑線。

莫時笑笑：這是青竹絲姊後來傳給我的，還附了一句『花心的男人最討厭了』。」

「……」伏燁無言。

「所以你不否認喜歡金髮祭司和可愛型？」莫時一針見血找出重點。

「……莫時，我跟她沒關係，真的不記得她了。」伏燁輕咳一聲，慎重地強調。

莫時收起笑容，與伏燁對視，臉上的懷疑多到要溢出來了：「真的不記得？」

伏燁說：「真的，她只是我在新手村偶遇的玩家，順手幫忙打了一次副本，就見過那一次而已。」

這不就是在外面拈花惹草的標準渣男臺詞嗎？「只見過一次面，真的跟她沒關係」莫時沒想到此生中會聽見伏燁對他這麼說。

說起來，伏燁長著一張充滿欺騙性的好男人臉吶，難怪女孩子都喜歡。

「隨便都能遇見美女，你可真受歡迎。」他酸溜溜地說。

「莫時，你生氣了嗎？」伏燁笑著問。

「沒有呀。」

「不在意嗎？」

「我幹嘛要在意？哼哼，從明天起，我要把華麗的週末染成黑色頭髮換穿黑色衣服，還要轉職成刺客，順便去理髮院剪成刺蝟頭，讓你在遊戲中和現實生活中只能看到鎧甲肌肉男！」

……還說沒有生氣。

「反正你喜歡什麼，我偏要唱反調。」

莫時像隻炸毛的貓咪，揮著爪子禁止奴才靠近。

伏燁耐心地說：「那就糟了，你染成黑髮，我就換喜歡黑髮，你轉職刺客，我就轉職成法師跟你搭配，你這樣太不划算了。」

莫時瞪了他一眼。

伏燁覺得自己大概是病了，竟然覺得對方吃醋的模樣挺可愛。

「莫時，我會喜歡這些特點，主要因為是你，我才會喜歡，跟其他人沒有關係。

「即使對方特點完全學你，那也無濟於事，因為學得再像，對方仍然不是你。

「我並不是誰都可以，莫時，在我心中，你是無可取代的。」

伏燁努力順毛，把炸掉的毛一一順平。家裡這隻大貓從原本氣呼呼地抗拒不給抱，到後面吃完飯，已經肯給他摟在懷裡抱抱。

最後，伏燁輕聲說道。

「這件事因我而起，我會自己解決的，放心。」

隔天。

伏燁上線後，很快便收到好友私訊。

靈靈：「伏燁，早安。」

靈靈：「伏燁，我過不了副本王，可以幫我打嗎？你以前說過，有困難隨時可以找你。」

靈靈：「對了，伏燁，我可以加入水藍公會嗎？」

伏燁看完一串訊息，發送一封私訊，約了對方在主城見面。

伏燁抱著劍坐在石階上。沒多久，金髮女祭司婀娜多姿的身影飛奔而來。

伏燁淡淡說道：「我昨天想了一整晚，後來我想起來，兩個月前，我確實有幫過一個人。

「但那個人不是新手，而是個高等的紫髮弓手。她叫懶洋洋，剛被現實中的男朋友劈腿，想玩遊戲轉換心情，卻失誤不小心被副本王給一掌拍死，所以遇到我的時候心情非常差，坐在新手村門口哭泣。

「我和她組隊，帶著她一路殺到王前，凌虐 BOSS 狠狠洩憤。

「組隊時，她說了很多事情，男朋友的冷酷無情、家庭不和睦、突然間找不到人生的方向……

「我也說了一些自己的事，我在遊戲中尋找一個離開許久的金髮祭司，儘管希望渺茫，我還是希望能找到對方，好好守護對方一輩子。

「隔天，她創了新人物……一個祭司，用原本的帳號私訊，重新加了我好友。所以……我才會對妳幾乎沒有印象，因為我遇見的帳號是弓手懶洋洋。」

說到這裡，再遲鈍的人都能聽得懂伏燁的意思了。

靈靈……不，應該是弓手懶洋洋，抱著手機嘆了一口氣。

靈靈：「所以……華麗的週末，那個金髮男祭司，就是你一直在找的那個人？」

「是的，很抱歉，我無法接受妳。」伏燁一頓，「我其實是希望，妳可以用原本的帳號就好了。妳就是妳，而不是另一個人的替身。」

「我明白了。」靈靈靜靜聽著，最終放下執著。

劍士和女祭司中間相隔大約一個人的距離，一個站著，另一個坐著。

靈靈：「我這麼執著……明明連本人都沒見過，卻這樣單方面堅持著一段網戀，會很可笑嗎？」

伏燁：「呵，我有什麼資格說呢？我也是網戀。」

靈靈：「喔？伏燁那麼強，也會苦惱嗎？」

伏燁：「別看我現在厲害，我以前……很弱，不懂遊戲規則，怪物跟 NPC 分不清楚，經常撞牆跳崖自殺呢。也就只有華麗的週末會邊罵邊幫我。」

聊開了，也就沒有顧忌，兩人毫不隱瞞地講述自己的遊戲經歷。

靈靈：「我能問問嗎？為什麼你會喜歡華麗的週末？」

伏燁：「唔……華麗的週末只是看起來凶，實際上人很好。以前……我沒給過他任何東西，還添了不少麻煩，他卻再三幫助我。那時候就覺得，這世上除了我父母，再也找不到對我這麼好而不求回報的人了。」

靈靈：「噗……」

伏燁：「一開始單純只想幫助他、想關心他……後來越來越了解對方，漸漸就變成喜歡他了吧。」

靈靈：「嗯，喜歡一個人就是這麼單純。」

伏燁：「不過我也有點擔心，因為他人太好了，知道他有多好的人會想搶走他。」

靈靈：「哈哈，你可是排行第一名的伏燁呢，用不著擔心。」

伏燁：「有人說網戀不可靠，可其實網遊也是現實世界的縮影，甚至有些人只會在遊戲中展現真正的自己。

「總之，我覺得是網戀又怎樣，知道自己要的是什麼，然後努力去爭取，那就好了。」

靈靈偏頭思索著：「說得也是，我也要先弄懂，自己要的究竟是什麼……」

「恭喜你，伏燁，找到自己的真愛。」

金髮祭司雙手握拳，擺出一個鼓勵的姿勢。

「我也要重新找尋自己的戀情！」

伏燁是真的說到做到。

據說，伏燁找了對方出來聊聊，妥當處理完，至此之後就沒有其他女孩子來鬧事堵人了。

但奇妙的是，靈靈這個帳號也從此沒再上線過。

莫時聽聞此事，只是淡淡地問：「伏燁，你該不會是私底下把女孩子砍到一級，嚇得人家再也不敢上線吧？」

「開紅殺人不會掉等級，你想太多了。」伏燁一臉溫和地笑著。

兩位當事者無意間流露出的可怕對話，被水藍公會眾人記下了。

於是這件事便成為水藍公會的八卦都市傳說，大伙在茶餘飯後，偶爾會聊起「老大真受歡迎」、「見到華麗後，小三知難而退」、「正宮強硬逼退小三」等等事蹟。

大神的正確捕獲法

How to Successfully Catch Your Legend

第五章

寧靜的日子不長久，莫時和伏燁同居一個月半時，發生了一件重大事件。

【世界頻道】望心：「水藍的，你們不要太過分了！」

莫時剛登入遊戲，便看見世界頻道出現敵方頭頭。

今朝有酒今朝醉的會長望心，一直以來試圖偷襲他們的罪魁禍首，終於來找碴了嗎？

很好，他奉陪！

【世界頻道】華麗的週末：「怎麼了，火氣那麼大，望心哥哥是吃了炸藥嗎？要不要吃點糖，降降血壓(=^_^=)」

【世界頻道】望心：「你……華麗……」

【世界頻道】華麗的週末：「？」

看到他的出現，望心像是燙到般停住了，打出一段意義不明話後就再也沒有動靜，莫時還以為對方斷線了呢。良久，望心才又回了一句。

【世界頻道】望心：「想知道發生了什麼事，不如自己來看看。」

對方貼上一串座標，不再回應。

奇怪，他怎麼覺得望心在避重就輕，不想提到他的名字？

莫時雖然感覺不太對勁，仍然操縱著人物趕往目的地。畢竟這可是敵方的正式邀戰，他絕對不會錯過。

趕路途中，他已經在水藍的公會頻道把前因後果弄明白了。

起因是一起普通的搶怪事件。

水藍公會今早組了一支小隊，看好了目標 BOSS 的出現時間，蹲點等待 BOSS 誕生。

好不容易等到 BOSS 出現，中途卻殺出另一群人——今朝的公會團搶了他們的 BOSS，拿走了特殊戰利品。

被搶怪的水藍公會非常不爽，開紅殺掉對方小隊，把戰利品搶了回來，兩方人馬就這樣打了起來。

一方說「蹲點已久，要排隊」，另一方則是表示「誰管你，沒人定排隊規則，先打贏 BOSS 就是誰的」，基本上雙方都有理，沒完沒了。

莫時僅簡單問了句：「戰利品有拿回來嗎？」

水藍小伙伴們：「有，殺了他們搶回來了！」

「幹得好！」

按莫時自己的規則來說，打贏今朝公會，那戰利品就是他們水藍的。誰的拳頭大，誰就有資格說話，就是這麼簡單暴力。

【普通頻道】以你為名小說：「華麗哥，你來了！嘿，我守住大家的戰利品了！」

莫時走到座標位置，不意外地看到小說那紅得發紫的名字。原來水藍公會打得贏，是因為有小說這個 **PK** 狂助陣。

與水藍公會對持的是今朝有酒今朝醉的副會長亞亞米，一個女法師，名字同樣紅得發紫。

而會長望心則站在遠處觀看，名字是普通的白色，貌似尚未採取行動。

見到他，望心一動也不動，倒是亞亞米撩起法杖，猛然發射出四五顆法師最大範圍技的冰焰術。

莫時緊急操縱人物閃躲，只擦到小小衣角，血量便噴掉了五分之一。他隨手施展治癒術，馬上補滿血條。

【普通頻道】華麗的週末：「亞亞米姊姊，妳這樣熱情迎接讓我好害羞哦，想要再多來一點呢。奇怪，姊姊，我們認識嗎？」

莫時知道，亞亞米是綠油精點眼睛的親妹妹，和到處惹事的綠油精不同，亞亞米是個生產休閒系玩家，向來不問世事遠離紛爭。

莫時和綠油精打得最激烈的那段時間，即使路上偶然遇到亞亞米，兩人還是像普通的路人那樣各走各的，擦肩而過，沒有任何仇視之舉。

怎麼他回歸遊戲，亞亞米突然就和他有了血海深仇？這似乎說不過去？

【普通頻道】亞亞米：「去你的姊姊！」

莫時心中的亞亞米那淡然脫俗的印象，此時已經碎了一地。

【普通頻道】亞亞米：「媽的，華麗的週末，你忘了我？」

【普通頻道】華麗的週末：「唉啊，這是傳說中的搭訕嗎？但是……我們好像不熟？」

好好一個女孩子，怎麼性格一百八十度大轉變？難道是待在今朝太久，被嚴重汙染了嗎？

「你、你……」亞亞米似乎被莫時的輕浮舉動氣瘋了，半天打不出一句完整對話。

幾秒後，亞亞米乾脆不打字了，直接發了一段語音喇叭。

「華麗的週末，此仇不報非君子，給我等著，我一定會殺了你！」

在眾人一片驚愕目光中，女法師抄起法杖，朝他一陣猛攻。

莫時也被語音的反差給唬住，遲了幾秒才反應過來。亞亞米的技術不差，技能施放精準，招招往最致命的位置攻擊，瞬間兩人進入高手間的攻防戰。

在場沒有一個人不驚訝，水藍公會的眾人更是個個瞪大了眼睛。

這聲音……很明顯是個男的啊？

眾人紛紛寒毛直豎。喵的，亞亞米是男的！

誰知道頂著一個漂亮女生大頭照的女魔法師，實際上是個粗聲粗氣的大叔！

亞亞米是排行榜第四名的女性高手，大頭照是個清新脫俗的美少女。對於遊戲中少數又強又正的女性，眾人難免會有些美好幻想。

如今，知道對方其實是個大叔，大家集體幻滅，落差感產生的憤怒和怨恨，自然非常強烈。

水藍公會頻道馬上被一片慘烈烈哀嚎淹沒。

【公會頻道】霸北：「嗚嗚嗚，亞亞米，我是妳的小粉絲，妳怎麼可以是男的！！！！」

【公會頻道】死神柯南：「霸北真衰，前陣子他老婆剛去當兵，又來一個亞亞米加深他的打擊。」

【公會頻道】圓圈圈：「話說回來，怎麼會有這種在遊戲裡可以找到真正女生的錯覺呢。」

【公會頻道】鯊魚：「就是啊，在遊戲裡找女生本來就不切實際，尤其是排行榜上的女生，根本全是人妖呀。」

【公會頻道】霸北：「別再說了嗚嗚……」

【公會頻道】貓耳控：「你們對女生是不是有什麼誤解？」

莫時同樣很震驚，但和其他人的想法不一樣，他驚訝的是這聲音十分熟悉。

這是大仇人綠油精點眼睛的聲音，以前在語音頻道對質叫囂的難聽聲音，他是絕對不會忘記的。

亞亞米一邊施展攻擊，一邊繼續用語音喇叭叫囂。

「華麗的週末，你盜光我的財產，又刪掉帳號，這個仇我要你血債血還！」

粗魯難聽的聲音持續播放，簡直玷汙了他的耳機，莫時的心情大受影響，過去種種的不好回憶也跟著湧上。

華麗的週末：「哈哈哈，原來是你，綠油精蠢蛋！想想你究竟做了多少喪盡天良的壞事，你這是惡有惡報，自己造孽自己擔！」

純比技巧，莫時更勝一籌，打帶補的招式行雲流水，打得亞亞米連連敗退。

莫時一面猛攻，一面分神觀察對方的動作。

他現在有個很大的疑問。亞亞米的真實身分是綠油精點眼睛，那望心是誰？

據水藍小伙伴所說，望心是突然橫空出世的超強玩家，時間點剛好在莫時離開遊戲之後，一出現便打上排行榜頂端，技術十分純熟。莫時在網路上看過對方戰鬥的錄影，覺得望心肯定是遊戲老玩家創的分身。

莫時多次猜想過望心的身分，那時他認為望心很有可能就是綠油精點眼睛，畢竟莫時可是親手刪了對方的帳號，結下了血海深仇。

綠油精悲痛之下重創個分身、回歸遊戲加入同個公會來尋仇，這個機率極大。事實上，今朝也確實整天狂找水藍公會的麻煩。

沒想到他就然猜錯了。綠油精跳過重練步驟，直接把今朝的副會長、同時也是現實中親妹妹的高等帳號「亞亞米」拿來用了。

那麼，又有個問題，今朝的會長望心究竟是誰？

一個橫空出世的高手，讓綠油精甘願放棄職位，當上今朝會長，統帥公會的神祕玩家……莫時對他相當好奇。

此時，謎一般的玩家望心，從頭到尾沒說話，既不阻止亞亞米攻擊，也沒有上前助陣，一副置身事外的樣子。

暈眩術、滑溜術、遲緩術，多個詛咒放到亞亞米身上，最後一顆火球發射出去，將亞亞米的血量直接歸零，女法師悽慘地躺倒在地。

莫時操縱金髮祭司，舉拳擺出勝利的姿勢。

待在水藍這段時間，莫時天天打副本修練，伏燁更用公會名義贊助他不少神裝。他的裝備和等級全都升到高手平均值之上，兩人幾乎沒有落差，打贏綠油精毫無懸念。

屍體狀態的亞亞米憤憤地喊著：「望心！你在發什麼呆，還不快點過來幫我！其他支援呢？公會快來幫手殺掉他們！」

莫時突然想起，自己剛剛荒謬地猜過，望心和亞亞米，可能是這樣那樣的男女關係，一個隱世高手與某門派女子相戀，於是接受會長職位等等狗血情節。

不過，現在看來，望心應該早就知道對方是男的，兩人只是合作伙伴。畢竟乍聽到綠油精那倒胃口的粗曠聲音，望心沒動手掐死對方就算不錯了。

亞亞米：「望心！別忘了你是怎麼當上今朝會長的！快來幫我！」

在綠油精第二次催促後，望心終於動了。劍士抽出腰間長劍，平穩地舉至胸前。

望心，開啟殺戮模式了。

——大戰一觸即發！

以你為名的小說：「望心，我早就想跟你打一場了！」

早就躍躍欲試的小說挑準時機，第一個衝上前，望心緊接著發動攻勢。

從小說的角度來看，對方動了兩下，接著螢幕瞬間黑掉，角色已經趴到地上吃土。

小說愣了足足十秒，不知道到底發生了什麼。

他的 **PK** 技術極好，在遊戲內幾乎無人能敵，所以經常不把別人放在眼裡，像這樣被輕鬆被打飛撲街，還是繼伏燁之後頭一回。

整個過程不到二十秒。

【公會頻道】以你為名的小說：「FUCK，望心真的好強！我不到二十秒就被殺了！」

【公會頻道】霸北：「真假？你和老大那次對戰也有撐三十秒吧，他比老大快？」

【公會頻道】死神柯南：「怎麼可能？那是老大怕傷了小說哥的自尊心，偷偷放水吧？真拿實力打起來，老大不到十秒就能解決小說哥。」

【公會頻道】圓圈圈：「就是，望心只有第二，老大排行榜第一，肯定比較強。」

【公會頻道】朝如青絲：「不過 **PK** 場只看戰力排行不一定準確，關鍵還是看雙方的技術。」

【公會頻道】以你為名的小說：「喂喂，我被打爆的秒數，為什麼會變成一種測量工具？」

望心，戰力排行榜第二，其遊戲技巧在遊戲裡也是首屈一指。

看來，網路上流傳那神一般的遊戲技巧是真的，望心是蒼空第二的名號並非虛傳。

就在此刻，今朝的幫手陸陸續續趕到了，一個祭司將亞亞米從地上撈起，雙方人馬分立兩端對峙。

水藍這邊，也漸漸聚集一些幫手，包括剛上線便接到消息，風塵僕僕趕到的伏燁，一來便站到莫時旁邊。

目前現實時間是中午左右，今天他和伏燁都有課，兩人都在各自的學校餐廳用手機上線。

【公會頻道】伏燁：「怎麼了？和今朝打起來了？」

詢問過大致的前因後果後，伏燁「喔」了一聲，最後只是問：「那戰利品拿到了嗎？」

大家看看，這人跟他一樣簡單暴力。

現場玩家越聚越多，大多數是兩大公會叫來的幫手，部分則是看熱鬧的群眾。

【普通頻道】望心：「水藍的，我不想變成公會大亂鬥，那樣沒完沒了。一次定勝負吧，各派兩個人上場，來一場四人PK，最後剩下的公會就是贏家，戰利品歸那方，這件事便到此為止。願賭服輸，如何？」

聽起來是個挺公平的建議，望心不像綠油精講話帶著卑鄙無恥之感，行事頗為和氣。

但莫時並沒有徹底相信望心，因為今朝公會經常找麻煩，不但派人暗殺伏燁好幾次，連與水藍公會約戰約到現實去，都只派了打手來，自己卻躲在暗處。這種行事作風卑鄙無恥，讓他對今朝這公會一點好感也沒有。

【普通頻道】伏燁：「四人對戰，好主意。」

【普通頻道】望心：「今朝這邊派出亞亞米和我。」

【普通頻道】伏燁：「那水藍這邊派出華麗的週末和我。」

觀眾繞成一個大圈，將伏燁、華麗的週末、望心和亞亞米四人圍起來。

遊戲系統有個野外四人對戰模式，功能類似PK場。四人分成兩隊，限時十分鐘，最後剩下的人獲勝。

系統自動倒數，開戰！

綠油精顯然沒在管團隊默契，一個人衝上來瘋狂輸出。當然，全被伏燁擋下來了，身為坦的劍士擋下法師攻擊綽綽有餘，更何況後面還有祭司輔助。法師一開始的爆發力很強，但範圍技的耗魔量超高，照他的打法很快就沒魔了。綠油精雖然技巧不錯，但躁進和暴虐是他的最大缺點，沒魔的法師簡直任人宰割。

如果只有望心一人，會更好發揮。

莫時猜想，望心會選擇四人對戰，而不是單人對戰，大概是因為綠油精不肯善罷甘休，想要來參一腳吧。

這是個優勢，莫時把握住時機，幫伏燁刷了漸進式回復治療，施展一串詛咒灌到望心身上。

沒想到望心一個滑步便躲掉詛咒，長劍橫舉，刺向金髮祭司的喉嚨。

暴擊！祭司上方出現紅色「-50000」大字，血條瞬間少了一半。

喵的，好難纏！莫時不再戀戰，迅速拉開距離躲到伏燁身後，幫自己丟了四五道治癒術拉回血量。祭司不論是在公會戰還是 PK 賽都是被圍毆的對象，他可要好好保護自己。

【普通頻道】望心：「該結束了。」

不得不佩服望心在戰鬥中還能打字，說完，馬上放出劍士大絕招。

劍刃藏著一股旋風，隨著斬劈夾雜著飛射出去，在空氣中砍出一道巨大的龍捲風。

莫時選的屬性是火，所以他可以使用火球；伏燁是地，每次揮刀都能撼動地面；而望心的屬性是風，大絕便是龍捲風。

龍捲風慢慢擴散開來，圍住了最前方的伏燁。

在網路上很多教學影片都分析過這種打法，這是使用風系技能特性精準困住敵人的技巧。逃脫的方式也不是沒有，需要反覆在龍捲風中繞圈，邊跳著移動邊打，擊中某個點便能突破屏障。

跳打十分高難度，考驗玩家的手速和施放技能的能力，按太快或太慢都不行，踩錯一個點就會被龍捲風吞噬。

伏燁的技術肯定可以，可惜他現在手受傷了，完全養好起碼要兩個月，沒辦法使用如此繁複的動作。

莫時暗暗這麼猜想，果不其然，劍士跳打到第三圈時，速度稍微慢一點就被龍捲風吞噬了。

風徹底散去，螢幕上顯示著躺地的黑衣劍士，莫時的金髮祭司離得夠遠，所以得以倖存。

綠油精簡直要笑瘋了，比賽還沒結束，他已經狂發出三四則語音喇叭。

「哈哈哈哈，活該，死得好，第一名又怎樣？還不是被我們打趴！

「華麗的週末，遇到危險跑得很快嘛，讓別人看清你卑鄙無恥的真面目！」

莫時也切換成語音喇叭，冷笑著：「白痴喔，當然要先躲，不然我怎麼復活他。」

祭司舉起法杖，一道光芒降下，滿血的黑衣劍士復活。

「……」

眾人似乎都忘了，華麗的週末是祭司這件事。

綠油精好一陣子才找到舌頭：「你用復活術？犯規，你怎麼能用復活術！」

莫時好笑的回：「祭司的專職不就是回血復活嗎？有誰規定祭司不能用復活術？照你的說法，那戰士也不能放防禦技？法師也不能放範圍技？」

四人對戰模式中，玩家可以用的技能全都允許，當然也包含復活術。

眾人都知道，辯論能不能用復活術，只是綠油精的垂死掙扎。

剛復活的伏燁沒多說廢話，上前暴擊了綠油精一刀，沒魔的法師比祭司還脆皮，兩三下便輕鬆解決掉。

只剩下望心一人，那就好解決了。

被豬隊友狂扯後腿的望心，似乎是放棄掙扎了，站在原地毫無反抗地讓伏燁和華麗的週末聯手殺掉。

戰鬥結束，水藍公會大獲全勝。

【普通頻道】望心：「願賭服輸，戰利品歸你們，這件事到此為止，我們走。」

乾脆俐落地說完，望心轉過身，準備帶著今朝的會員離開。

【普通頻道】華麗的週末：「等等，望心。」

莫時鬼使神差地叫住對方，在大庭廣眾之下，他操縱著金髮祭司追上去，跑到前方攔住望心。

「？」水藍公會眾人見狀，頭上紛紛冒起問號，伏燁也朝他們看過去。

望心停下腳步，身旁的今朝會員還以為要開打，團團圍住華麗的週末，全開啟殺戮模式。

而莫時沒有任何反應，呆站在原地，不知道該如何開口。

【普通頻道】華麗的週末：「望心……你是……」

自從看到剛才的龍捲風大絕之後，莫時的心中泛起一個疑惑。這個想法看似不可能，卻最能解釋現況，瞬間，激動的情緒充滿了他的心。

即使覺得有些荒謬，他也必須確認。難得望心出現在眼前，錯過了不曉得之後還有沒有機會。

似乎是知道他想說什麼，望心主動站到面前，發出一個語音喇叭。

「華麗，好久不見。」

低低的男聲十分平穩，可以想像聲音的主人是個斯文的人。

這大概是望心玩遊戲以來第一次真人說話，連一直該該叫的綠油精，瞬間都安靜下來了。

莫時卻感覺指尖隱隱發冷，彷彿跌入深淵。

真的是他。

風系，劍士，在他離開遊戲後突然出現的神祕高手，這幾個關鍵湊齊，莫時頓時冒出一個猜測。

尤其是最後一招龍捲風，所有環節都異常熟悉，因為他以前經常看那個人使用。這個打法還是他和對方一起研發的招數，後來才被人學起來PO到網路上，讓眾劍士爭相模仿。當然，找到破解方法的也是他們。

身為昔日伙伴，莫時一眼就看出來了。望心的遊戲技巧和習慣，和那人十分相似。

他習慣將劍舉在胸前擺出備戰姿勢，他習慣戰鬥先觀察敵方、等到最後一刻才出手，他總是出其不意，若沒有獲勝希望便不浪費時間直接放棄……這些，都和那個人太像了。

許久以前的疑惑漸漸明朗，為什麼他沒有早點發現？為什麼你會成為敵對公會會長？

雨若情深。

望心向他發了好友申請，莫時不加思索地接受了。兩人互換名片，加了對方好友，接著約了隱密的一處地圖再見面。他突然和敵人望心感情升溫，簡直嚇壞了水藍的小伙伴。面對公會眾人和伏燁的詢問，莫時只是淡淡地說：「抱歉，我想靜一靜，之後會跟你們解釋的。」

莫時的思緒複雜，腦袋亂哄哄的。

雨若情深竟然成了今朝有酒今朝醉的會長，改名為望心。即使曾經意見相左，離開了遊戲一陣子，他也從沒想過雨若情深會站在自己的對立面。

那原本的公會水墨悠然呢？莫時不敢去想，隨著時間過去，成員慢慢散了嗎？

他還是自己熟悉的雨若情深嗎？那為什麼今朝會用各種下流招數逼迫水藍投降？

莫時到了另一張地圖，望心已經站在一棵巨樹下面等他。

他們以前經常相約在這個地圖等候對方，無聊時爬到樹上閒聊，有時後彼此不在，甚至會將人物掛在線上，就這麼靜靜依著對方並肩站著。

仔細一看，望心身上的裝扮仍和以前一樣，衣服配色、髮型、長劍都是那麼熟悉。

金髮祭司跳到某個枝幹上，與望心站在一起，一切彷彿跟從前一樣。

可惜，人都在，事已非。他們頭頂上的公會名稱一個是水藍，另一個是今朝有酒今朝醉。

莫時發現四周多了很多玩家。他和望心的相認過程十分離奇，肯定引來不少玩家的關注。

望心大概也知道附近有一大堆人豎耳偷聽，傳了一則簡短到不行的私訊給他。

「要說的事情太多了，華麗，我想見你，我們約出來見面，好嗎？」

不知為什麼，莫時不敢告訴伏燁自己要去見雨若情深這件事。

但是他知道，他必須要和雨若談談。

他需要一個能促膝長談的安靜環境，那絕不會是遊戲或通訊軟體。他感覺得到雨若的誠意，也相信以前的交情，能親眼看到對方是最好的狀況。

莫時隨便編了一個朋友臨時約他吃飯的理由，挑了當天晚上的時間出門，他不想拖太久。

伏燁笑著送他出門，大概是顧慮到他的心情，十分溫柔地沒有多問。

他和雨若情深約在附近的知名咖啡店，印象中雨若情深也是和他住在同一個縣市，現實中如此貼近。

走進咖啡店，裡頭一位坐著的上班族與他對上視線，朝他招手。

雨若情深約莫二十多歲，穿著白襯衫和黑褲，帶著一副細框眼鏡，長相清秀斯文。

「嗨，華麗。」雨若情深笑著，熟悉的平穩聲音，給人一種從網路中走出來的錯覺。

「抱歉，我來晚了。」莫時下意識檢查一下自己，不知道匆忙出門後頭髮有沒有亂翹。

「不會，剛到。華麗，你和我想像的一樣，很高興能見到你。」雨若情深說。

「因為我遊戲裡放的大頭照沒有修，很好認。」莫時笑著。

「不，我不是這個意思。」雨若情深搖了搖頭。

那是什麼意思？莫時猶豫過後，終究沒有問出口。

他輕咳一聲，拉開椅子，坐在對方隔壁。

「我們直接聊遊戲的事吧。」莫時坐定位，不拐彎抹角，直奔主題。「雨若，我之前搜尋過你，卻顯示查無此人，系統改名不會這樣吧？為什麼關於你的紀錄全都不見了？」

雨若情深偏頭想了想，說道：「這個嘛……華麗，你是不是把我拉入黑名單了？」

在本人面前被這樣問，有點尷尬，若不是雨若情深的語氣聽起來沒有生氣，只是為了確認，他真不想回答這問題。

「嗯、嗯。」

他的心虛被雨若情深發現了，對方呵呵輕笑。

莫時紅著臉問：「不、不要笑啦，以前是拉了，不過回歸遊戲剛上線時，好友欄和黑名單中都沒有你的名字，黑單也不會這樣吧。」

雨若情深解釋：「這算是系統的小 BUG 吧。先加入好友，後拉入黑名單的玩家，用商城的改名卡換名字後，會從黑名單和好友欄同時消失。以前的私訊、交易、公會記錄都不會留下，就好像從來不曾認識這個人。」

所以他才會找不到雨若情深，以為對方沒上線了。

「既然你就是望心，那你看到我回歸遊戲，怎麼不主動來密我？」莫時再度發問。

雨若情深沉默片刻，苦笑著說：「華麗，你離開了遊戲很久，我不確定你還想不想見到我。」

「……不會的，別這麼想，我當然想見你。那時……是我太衝動了，因為一些誤會就……總之，我不在意了，我們還是朋友。」莫時說出一直壓在心底的話。

雙方陷入沉默，雨若情深望著他，眼底閃過一絲情緒。

莫時問道：「對了，你怎麼會變成今朝有酒今朝醉的會長？」

雨若情深頓了頓，說道：「你走了以後，發生了很多事情……綠油精在那時提議合作，讓我把水墨悠然解散，把剩下的會員加到今朝去。作為補償，他讓我當今朝的會長，他只做副會長。」

「所以是兩個公會合併了？」合併公會在各大遊戲都很常見，所以莫時並不意外。

「嗯。」雨若情深點頭。

莫時皺起眉：「為什麼和綠油精合作……你忘了他以前在新手村殺過我們嗎？還有，後來他跟我有仇啊！」

雨若情深說：「今朝當時是第一大公會，提出的條件不算差。另外，綠油精找上我之前保證過，以前的事情就當沒發生過，我也認為不必拘泥於過去的仇恨，所以退了一步。」

說到這，雨若情深的語氣帶著不解。

「華麗，你刪掉他的帳號，應該已經報完仇了吧？其實我不懂，為什麼你非要和綠油精不死不休，導致後來……」

雨若情深說到後面沉默了。可以說，後來的一切紛爭都是因為莫時刪掉了綠油精帳號而引起的。

「……我知道你難以接受，對不起，華麗。」雨若情深緩緩說道。

雨若不清楚實情，卻仍然跟他道歉了。莫時揉著眉角，歎了口氣。

他在意的不是合併公會，和誰合作都可以，偏偏雨若竟然和綠油精合作了。

他離開遊戲時隱瞞了一些重要的事情，要是雨若情深知道了，肯定會後悔與綠油精扯上關係。

而現在又知道兩公會合併了，莫時更不可能告訴雨若實情。

「那水藍公會呢？為什麼今朝要找水藍的麻煩？」莫時問。

雨若情深帶著歉意解釋：「今朝和水藍公會是長期競爭對象，偶爾會打打城戰。至於雇用殺手找麻煩，那是副會長綠油精的主意。我是反對的，不過這些小打小鬧在遊戲中經常發生，所以也就隨他去了。」

「公會競爭殺人可以理解。」莫時在遊戲中也沒少殺人，「不過，找打手約在遊戲外打人，這就有點太過分了。」

「……我不知道這件事。」雨若情深愣愣地說。

這一聊才知道，大多數今朝公會的惡劣行為，都是綠油精瞞著雨若情深派人私下做的。

「謝謝你告訴我，我會處理。」雨若情深頭疼地扶著額。

莫時同樣覺得頭痛，隨便想也知道，即使雨若極力阻止，綠油精又哪肯輕易善罷甘休？今後絕對會是一場大戰。

莫時苦笑著說：「雨若，本來公會之間就是互相競爭的關係，畢竟你是今朝的會長，要站在公會的立場判斷，不用顧忌以前的交情，之後該怎麼樣就怎樣吧。」

兩人之後又談了許多事情，從遊戲一路聊到現實中的瑣事。

時間過得飛快，他們整整聊了三個多小時，直到晚上九點咖啡店要打烊了，才依依不捨地告別。

「華麗。」

雨若情深叫住了他，目光注視著他許久。

「華麗，你還怨恨我嗎？」雨若情深突然說道。

莫時一愣，一時之間不知道該說什麼。

雨若情深勾起嘴角，露出有些苦澀的笑。「雖然現在說任何話都晚了，但是……若我知道你會再也不上線……我一定不會讓那件事再度發生。

「華麗，我很後悔。過去的那段時光，是我最快樂的時候。

「你離開遊戲之後，我沒有一天不想著你……我想著，沒有你的遊戲，對我來說還有什麼意義？

「之所以繼續玩下去，是因為我想再見到你。華麗，你對我來說很重要。」

聽著對方近乎告白的發言，莫時呆站在原地，雙腳像是鉛塊般沉重。

……這個告白，來得太晚了。

他茫然地不知所措，大腦一片空白，此時，猝不及防地被雨若情深欺身靠近。對方俯身探了下來，莫時睜大眼睛，隨即感覺到，嘴唇被輕輕貼上，臉頰上依稀可以感覺到鼻息。

很淺很淺，對方的唇輕啄著自己，幾乎不覺得那是個吻。

在兩人唇與唇相碰的那刻，一股電流同時竄上了兩人的身體。

雨若情深的動作實在太快了，彷彿不顧一切地飛蛾撲火。他眼裡的情緒藏得很深，莫時都不知道，曾經以為是最好的朋友……竟有這樣的一面。

「不！」莫時猛然一推，因用力過猛，撞上了對方的牙齒。

他向後退了兩步，意識到剛才發生什麼事，刷一下脹紅了臉。

「對不起，雨若，我們之間，不可能。」

雨若情深伸手摸著嘴唇，表情意外的平靜，在吻他之前都還處處透露著滿溢出來的情緒波動，此刻卻面無表情，神色淡然。

彷彿，早就做好了被拒絕的準備。

雨若情深吸了一口氣，露出一抹淺笑。

「我知道的，你一進門時，我就看到了你的領口。」

莫時愣了幾秒，飛快地伸手按住領口，將裸露出來的頸部遮住。

那是，昨晚伏燁留下的吻痕。

喵的，被看到了。莫時簡直無地自容，臉燒得像番茄一樣紅。

雨若情深說道：「是伏燁吧……華麗，我知道你們在遊戲中結婚了。」

莫時和伏燁都是外貌出色的名人，也從不是圍繞著異性打轉的類型。這樣的兩個男性在遊戲中結婚，即使是外人，也能猜得出其中含意。

雨若情深接連拋出問題：「灰姑娘的傳言我也聽過，但我不明白，你是真的喜歡他嗎？伏燁在你進遊戲時就開始不停地糾纏你，而後的所有一切，都是水藍公會的起鬨和伏燁單方面的追求，要你加入水藍公會、要你帶團、要你結婚……你被動地接受他們的安排，華麗，這樣真的好嗎？你有想過自己要什麼嗎？」

「……」

莫時說不上來，一開始確實是伏燁纏著他，好像不知不覺，就和伏燁發展到這一步了。

說起來，他加入水藍公會，和伏燁同居，確認交往，這過程似乎快得離譜。

沒有水藍公會小伙伴們集體起鬨助攻，和伏燁招式百出的猛烈追求，進展不可能如此快速。

雨若情深握緊雙拳，忿忿地說：「明明是……我先遇到你，我先認識你的啊。華麗，如果我早一步先問你，你會不會和我在一起？」

莫時搖了搖頭，痛苦地說：「我不知道，對不起，雨若。」

「你放不下伏燁？那個人沒有我強，剛才若不是二打二團體賽，伏燁已經輸給我了。」雨若情深說道。

「不要再說了！」莫時大喊。

「或許……有個兩全其美的方法。華麗，來我的公會吧？」雨若情深按著他的肩，眼神帶著一絲狂熱。

「不可能，雨若，已經太遲了。」莫時想也沒想地拒絕了對方。

雨若情深沒有死心，不依不饒地說著：「不，華麗，我會讓你知道，哪個人的身邊值得你待。」

今天發生的事情太超過了。他不能再待下去。

「我得走了，我們以後不要再見面了。」

說罷，莫時頭也不回地離開了。

雨若情深並沒有追上來，而是目送著他離開。不過莫時知道，遊戲內很快就會發生大事，今朝有酒今朝醉以後可能會更針對水藍公會。

實際見到了雨若情深，讓莫時想起很久以前那段懵懂的感情。

從小到大，他對男女情愛幾乎不感興趣。實際上，在真正的感情到來的時後，人才會發現自己要的是什麼。

直到玩了手遊，直到雨若晴深的出現，讓莫時發現了埋藏在心底的那一塊。那時他天天上線，就為了要看到雨若情深一眼。每天發出訊息閒聊，期待著對方每一句回應。偶爾雨若情深說著「最喜歡你」、「我的副會長」，他便傻呵呵地笑個不停。

某次雨若情深送了玫瑰花束給他，莫時看著虛擬道具整整一晚，不捨得用掉。世界上就是有這麼一個神奇的人，只是和他相處一分鐘，你會願意用一整年的時間來交換。

這就是喜歡的感覺吧。

但是……也因為總是看著對方，知道對方的一舉一動，莫時也相當清楚，對方已經逐漸轉變，變得和以前不同了。

莫時也不知道是什麼原因，或許是時間歷練、權利鬥爭、所處環境改變、價值觀不同了……諸多小變化，造成他們兩個逐漸走向分歧。

莫時依然是那個橫衝直撞的大學生，雨若情深卻不是剛踏入社會的菜鳥了。

新手時期的他們一起被殺人魔圍困，雨若情深犧牲自己保護了他。

那時後的雨若情深最討厭用陰險招數欺負弱小的人，寧可犧牲生命也不願屈服。而現在當上了今朝的會長，卻接受了同樣卑劣的事情，睜一隻眼閉一隻眼，任由事情發生而不管。

不曉得雨若情深發現了沒，但是莫時隱約感覺到了。

以前那單純美好的時光，再也回不去了。

莫時已經回到家門前，卻站在窗邊觀望著，猶豫著要不要進門。

窗戶玻璃映照出自己的模樣，嘴唇被牙齒撞到的痕跡明顯得不得了。

他思考著出門後帶著嘴上的傷痕回來，或是乾脆整晚不歸，哪一個比較嚴重。

但是傷痕也不會隔天就恢復，還是先回學校宿舍住幾天養傷？

刷一聲，門被打開了。

莫時心虛地側過身……大概也擋不住什麼，被伏燁看個正著。

「那個，我可以解釋……」莫時著急地舉起雙手。

這種抓姦現場的氣氛是怎麼回事？靠，不是很像，他嘴上的傷痕根本就是偷情證據啊！

「望心就是雨若情深吧，你去見他了？」伏燁率先說道。

……很好，什麼都不用說，伏燁已經全都知道了。

大概是他呆愣的神情太明顯，伏燁一笑，解釋道：「很好猜，望心和雨若情深都使用一樣的招式，我以前和他對戰過，印象很深。我記得他就是那招龍捲風的研發者吧。」

「等等，你和雨若情深曾經對戰過？」

莫時瞪大眼睛，他知道伏燁是自己以前的朋友，不過卻沒想到伏燁和雨若情深有過交集。

「是的，很不甘心，以前我輸給他，這次也敗在同一招。」伏燁苦笑。

他伸手抬起莫時的下巴，輕碰唇上的傷痕，表情看不出在想什麼。

「有點滲血……會痛嗎？我就知道他不懷好意，他強吻了你，我覺得很不爽。」

「只是不小心被親到。」莫時趕緊說，「已經止血了，看起來很恐怖，其實不會痛了。」

「不會痛就好，再使用一下應該沒有關係？」

「什麼……唔……」

莫時還想說話，就被伏燁封住嘴了。

呼吸被奪去，灼熱的氣息撲面而來，溫潤熾熱的唇緊緊壓迫，輾轉廝磨著尋找入口。

他完全被伏燁的氣勢壓制，有些愣住了。突如其來的親吻像暴風雨般讓人措手不及，纏繞的舌溼濡地摩挲，莫時的腦中一片空白。

等他緩過神來，暗中掙扎使力，才發現對方的臂力驚人，一時竟動彈不得。莫時乾脆順從地閉上眼睛，彷彿一切理所當然，他本能地伸手抱住伏燁，緊一點，再緊一點。

身體貼合在一起，臉靠得很近，他甚至可以看到伏燁臉上細緻的絨毛，聞到他身上淡淡的香氣。呼吸變得灼熱，語言已是多餘之物，他們的唇瓣緊緊相貼，莫時情不自禁地顫了一下，眼裡霧濛濛水潤潤，臉上泛了紅潮。

濃郁的深吻分開時，兩人嘴角牽起一條銀絲。

莫時拉著對方緊緊擁著，雙手撫摸著伏燁的臉，極為魅惑地舔了舔嘴唇：「再來一次？」

不忍說，吃醋的伏燁很可愛。總是溫柔體貼的伏燁難得有些霸道，莫時有點享受自己被占有的感覺。

伏燁笑著：「好。」

慢慢地，莫時踮起腳尖，將唇湊過去，主動吻上對方的薄唇。伏燁並不反抗，只是一動不動，臉上帶著笑意。

他淺淺地吻著伏燁，輕輕啃咬著他的唇，讓四唇緊貼，然後他閉上雙眼，更深入地探索，加深了這個吻。

伏燁隨著親吻加重扣在他腰上的力道，莫時則抱緊對方的後頸，在唇舌來往中胸口漸漸發熱發燙。

時間彷佛靜止下來，激起的情慾與躁動通過雙方唇角的銀液牽扯洩露出來，耳邊的呼吸聲越來越粗重。

兩人吻得難分難捨，互相感受著對方的滋味，就像要不夠似地吸吮著對方。雙方的氣息交雜在一起，熱氣因急切地呼吸而互相助燃，再也分不出吻與被吻的人是誰，兩人都靠著身體最誠實的慾望動作，毫不憋扭，也不害羞。

吻到差點不能呼吸了，兩人才分了開來。

莫時喘著氣，疑惑地問道：「伏燁，既然你知道望心是雨若情深，怎麼願意讓我赴約？」

「阻止你的話，你心裡會有疙瘩吧？那不如直接讓你赴約，做個了斷。」

伏燁頓了頓，好脾氣的問他。

「所以呢，莫時，我和雨若情深，你選誰？」

這是什麼問題，親過了才問，是不是太慢了？

莫時覺得彼此之間的關係穩定了，然而伏燁卻不這麼認為，好像他隨時會跑掉一樣。

「我拒絕他了。」莫時淡淡地說，心裡覺得有點失望，「伏燁，我和你正在交往，怎麼會接受另一個人？我有這麼讓人不放心嗎？」

「抱歉，我不應該這樣。」伏燁愣了愣，望著他說，「可能是以前失去過你，找你找得太久了，我總是很怕你突然離開。」

莫時有些語塞，心裡隱約覺得愧對伏燁。

「說起來，你到底為什麼喜歡我？」

莫時低下頭，低喃道：「你對我好得太過頭，讓我始終無法忽略。伏燁……我們只是網友，手遊這麼虛無飄渺的東西，跟現實生活完全不相關，你為什麼要對我這麼好？」

「莫時，我們在網聚上也見過面呀。」伏燁提醒。

「就算見過面，那也只是唯一一次真實碰面，我們之間連認識都算不上。」

況且，莫時是不相信一見鍾情的，他覺得那種戀愛方式只是喜歡外表，而非對方的整體內涵。

伏燁從遊戲初期就在找尋他，莫時總覺得伏燁對他只是投射了遊戲中的美好幻想，之後才漸漸地發展到現實中。不是說這樣不行，只是朦朧的幻想太美，到了現實生活很快就會被打破了。

伏燁笑著搖了搖頭。「不，我對你的感情，並不是依戀。

「莫時，我跟了你很久了，其他人不了解你，我卻知道你比任何人都溫柔體貼、善解人意。你很重視感情，把每個遊戲玩家都當作真實朋友對待。

「儘管有時後會表現很不耐煩，卻依然耐著性子幫助我，你承諾的事物會竭盡所能做到。

「不知何時開始，只要看到你高興，我就會跟著快樂一整天。看到你難過，心中就會有一股怒火難平。我想要吸引你的注意，希望你會永遠待在我身邊。從很久很久以前開始，我就隱約喜歡上你了。

「直到那次網聚，見到與遊戲中一模一樣的你，我才確信自己對你是真心誠意。我想要守護你一輩子，莫時。

「莫時，雖然你不記得了，但你以前真的對我很好。若不是你遇見你，我伏燁是不是會出現在遊戲中的。」

莫時愣愣地聽著。

伏燁似乎從很久以前就認識他了。遊戲裡有這麼一個人嗎？但，為什麼他會對伏燁沒有印象？

「伏燁，你究竟是誰？」他愣愣地問。

伏燁神祕一笑，張開雙手緊緊抱住他。

「總有一天，你會知道的。」

金髮祭司站在一棵大樹前，身旁跟著一名黑衣劍士。

「企鵝，現在大概只有你還會跟著我了。」

向來有活力的嗓音低低的，參雜著沮喪和哀傷。

「華麗，你的聲音很抖，你在哭嗎？」

「嗯，聽得出來？眼睛有點模糊，才用語音喇叭說話的，還是用打字好了。」

「發生什麼事了？我知道了，雨若情深和綠油精那群人找麻煩，華麗你才會退掉水墨悠然是不是？最近世界頻道有很多人在叫囂，雖然我聽不太懂，但我知道絕對不是華麗的錯。」

「沒什麼，你可別去尋仇呀，會被打爆的。企鵝，別學我，師父是個壞榜樣。」

「華麗才不是壞人，在這個遊戲中你對我最好了，是那些人誣衊你。」

「呵呵，謝謝你了。」

「華麗，我帶你去打王權副本，轉換一下心情，好嗎？」

「傻子，王權副本是目前最難的副本，還沒人破關過，你還想帶我練呢。」

「真的，我花了很多時間研究，昨天一個人過關了。華麗，我進步了很多，可以帶你練功了。」

「好吧，那明天再練吧，我現在有點累。我真蠢，為什麼要把遊戲玩得那麼累……」

「好，華麗，你什麼時候會上線？」

「明天中午，或許會更晚吧，我真的有些疲倦了……」

「那明天見。」

「再見。」

明明約定好了。

隔天，他卻沒看到華麗的週末上線。

搜尋對方，屬於華麗的週末名字總是暗著，他差點以為自己被華麗拉入黑名單。但後來發現，對方是根本沒有上線。

華麗的週末就這樣消失在遊戲中，不告而別。

他等了一天又一天，最後乾脆站在主城塔頂端，由上而下眺望人群，希望能找到那熟悉的身影。

他跟那些高手不一樣，從零開始學起花了太多時間了，要是再給他一些時間，肯定能做得更好，保護好華麗。

他每天都努力地找尋著。他真的很想念華麗，想得快要發瘋了。

若是有機會再遇到對方，他發誓，絕對不會再放開手，讓彼此錯過。

也許真的等了太久，再次看到對方時，他變得太小心翼翼，只想把莫時像個易碎品保護起來。

曾經失去過一次，他是擔心哪一天又會失去吧。

「伏燁，我保證，不會離開你。」

伏燁抬起頭，望進莫時那雙清澈的眼眸裡。雖然他不明白其中原因，卻仍然對自己許下了承諾。

「真的？」伏燁眨了眨眼睛。

「嗯，真的。」莫時點頭。

伏燁雙手攬著莫時的腰，在對方的額頭落下一吻。

「謝謝你，莫時，能夠遇見你真是太好了。」

這一刻，他覺得所有等待都是值得的。

手機突然發出一串訊息聲。

伏燁單手摟著莫時，用另一隻手拿起手機。

螢幕上，顯示出《蒼空Online》的遊戲畫面。

【世界頻道】系統提醒：「公會〈今朝有酒今朝醉〉，向公會〈水藍〉正式宣戰，雙方將在下次城戰中一分高下！不見不散！」

【世界頻道】望心：「伏燁，誰是遊戲裡第一人，就在下次城戰分出勝負吧。」

伏燁勾起嘴角，揚起一抹自信的笑容。

【世界頻道】伏燁：「我奉陪。」

大神的正確捕捉法

How to Successfully Catch Your Legend

第六章

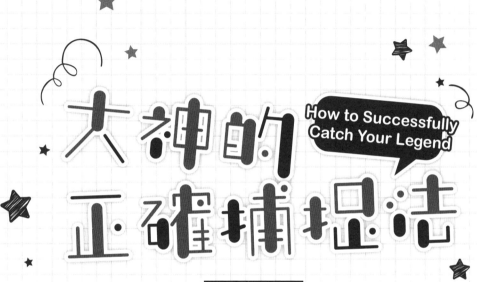

——雨若情深，上線了。

螢幕上，人物顯示一級，劍士穿著全黑劍士裝扮，手上拿著一把破木劍。

雨若情深轉了一下手機畫面，觀看四周風景，心裡想著這遊戲滿漂亮的。

會玩《蒼空Online》純粹是一時興起地從某個廣告按了連結，便下載了遊戲。他很幸運，遊戲剛開服第二天，此時創角正處於領先的位置。

拿來打發時間大概不錯吧。雨若情深摸索一番，解完新手任務，劍士很快升上二十等，準備離開新手村砍怪。

不料卻被一個殺手攔腰砍死。

殺手名為綠油精點眼睛，名字紅得發紫，雨若情深觀察了一陣子，殺手不離開也不做任務，就專門守著點虐殺新手。

接二連三被砍死後，雨若情深把人物掛在重生點，手機放桌上，用電腦做點別的事，偶爾再看看畫面，漫不經心地等待殺手主動離開。

遊戲體驗太差，等等他沒耐性就乾脆不玩了。

此時，一個金髮的新手女祭司從身旁跑過，吸引了他的目光。

這款遊戲的角色做得很漂亮，金燦燦的長捲髮，海藍色炯炯有神的雙眼，洋娃娃般的精緻面貌，身材婀娜多姿，祭司特有的高衩長袍穿在身上，性感無比。

她叫華麗的週末。

他想警告對方外面有個瘋子在亂殺人，不過金髮祭司顯然沒有在看對話框。

她飛快地衝向新手村入口，剛踏出一步便撞上殺手襲擊，狠狠撲街。

但對方沒有放棄，又從重生點再度跑出去，跟綠油精點眼睛直接硬碰硬。

對方執著得驚人，動作反應又快，那攻擊的狠勁大概想做掉殺手。

普通玩家都被殺手一擊打爆，金髮祭司卻憑著技術，硬是閃過幾道致命攻擊，頑強地撐了幾秒，差點就成功走出新手村，可惜最後敗在等級差距，仍然撲街。

真是漂亮的遊戲技巧，雨若情深心想，對方很強，只缺一個人幫幫她。

在女祭司N度撲街，死回重生點時，他終於和對方搭上話。

「Fuck！綠油精點眼睛——這個ID我記住了，等著瞧，等老子等級升上去，就拿杖戳爆你的眼睛！」

聽到語音喇叭發出的咒罵聲，雨若情深在手機前笑了出來。

出乎意料的，金髮女祭司的聲音是個年輕男性，聲音聽起來活潑開朗，對話很有趣。

他也開啟語音喇叭聊天，雙方互相加了好友。

普通的女孩子可沒辦法這樣鬧，這樣直來直往的性格他也很欣賞。

對，華麗的週末就應該是男的。

一個祭司都能頑強抵抗了，他這個劍士可不能輸。

他開始覺得這個遊戲有點意思了。

後來他們共同創立了一個公會——水墨悠然。

「我是會長，而你，華麗，是我的副會長，也是最親近的左右手。

「我是劍士，你是祭司，我為你擋下所有攻擊，而你守護我的背後。我們是彼此的劍和盾，發誓一輩子扶持對方，永不背叛。」

雨若情深說道：「華麗，做我的副會長吧。」

在他身旁的金髮祭司，不加思索地答應：「好呀。」

公會初創時，他們經常約在一張美麗寧靜的地圖，與遊戲中幾個交情頗好的朋友圍成一圈，隨意閒聊。

雨若情深最喜歡「巨樹森林」的地圖，最中間有一棵參天大樹，高聳入雲直達天際，他總是會爬到枝幹上，由上而下眺望著遠方風景。

爬樹需要一定的跳躍技巧，這對習慣自動戰鬥的手遊玩家來說比較有難度。

而且普通玩家忙著解任務升等，沒什麼閒情逸致一張張地圖閒逛，會嘗試爬上樹的人少之又少。

雨若情深就喜歡這樣，沒有人，安靜，能悠閒地去那些奇怪的地圖探索新奇事物。

他掌握了訣竅，讓人物左右跳動，成功爬到巨樹頂端，而身旁，就只有華麗的週末掌握了同樣的技巧，站在他的身邊。

不知從何時開始，他和華麗的週末之間形成一股默契，會一起練功打怪，一起相約做任何事，上線後也會習慣先等著對方。若練等時間沒搭上，即使是單純聊天打屁，也可以不小心聊上一整夜。

兩人有事掛機時，會用模擬器開著遊戲，讓彼此的人物並肩站在同一處，安安靜靜地相伴。

他知道，對方在他身邊，這就夠了。

雨若情深掛在線上等著，片刻後，他的身旁亮起淺淺白光，金髮女祭司的身影逐漸出現。

雨若情深：「你來了。」

華麗的週末：「早安，雨若。」

「我有個東西給你。」雨若情深神祕兮兮地說。

「？」

雨若情深讓黑衣劍士單膝下跪，手裡捧著一束白花。

華麗的週末面前跳出一個視窗，點開來看，就是雨若情深手裡拿著的花束道具。

這是商城賣的補血用品，雷格爾瑪花，大多是競技場玩家才會使用，算是滿昂貴的補品，一朵就要五十元。雨若情深一次買了一百朵，一口氣花掉了五千元。

華麗的週末顯然愣住了，頓了將近十秒才遲疑地問道：「為什麼要給我這個？」

雨若情深：「你常常打競技場，很需要雷格爾瑪花吧？」

華麗的週末：「是、是沒錯啦，可這花很貴呢。」

雨若情深：「你幫了我那麼多忙，這點小東西只是一些謝禮。你只要收下，就算還我一個人情。」

華麗的週末：「但還是太貴了，雨若，你自己用就好了。」

兩人推託了一番，遲遲不肯接受，最後雨若情深有些強硬地說：「如果你不要就丟掉吧。華麗，你願意收下嗎？」

華麗的週末愣愣地不知該說什麼，只好妥協。

「喔……好吧，我、我願意。」

「噗——我的天啊，你們是在求婚嗎？是求婚對吧？」

雪花冰的對話從旁邊冒了出來，她雖然爬不上巨樹，但是這兩人是在公會頻道公然調情，她不想聽都聽到了。

少女狠狠吐槽道：「不好意思當了電燈泡呀，我覺得我這長老就是個多餘的障礙。」

華麗的週末此時才發現自己被戲弄了，雨若情深什麼不問，偏偏問「你願意嗎」，更蠢的是，他竟然下意識回答了願意，根本就像結婚現場。

華麗的週末：「喔不！剛才只是我一時腦殘才會這樣講啦。」

雨若情深站起身，讓劍士擺出擁抱的動作。

「華麗，這是答應了嗎？我好高興。」

華麗的週末：「答應什麼？我才沒有答應！這是我人生中的污點，一輩子的黑歷史，不要再提了！」

雨若情深：「可是，我很認真哦。華麗，我最喜歡你了。」

「喔喔喔，去死啦雨若！」

「這麼快就要弒夫了，我的副會長。」

「夫你個頭！」

華麗的週末罵歸罵，還是妥協地從劍士那收下了花束，之後去了無數次競技場，卻沒有一個公會成員看過他使用雷格爾瑪花。

雪花冰喃喃地說：「唉唷，我需要墨鏡，天天看會長和副會長放閃，都要被閃瞎了。」

默默看在眼裡的雪花冰，給自家公會的活寶會長和副會長一一截圖，貼到公會首頁去，圖片標題打上「會長求婚成功」。

水墨悠然公會在眾人的努力下成長茁壯，漸漸升上公會榜前十名，成員也越來越多。

身為會長，雨若情深的知名度漸漸變高。他為人和善，沒有高手架子，加上公會大、技術強，在遊戲中慢慢培養出一票崇拜者。

現在，一大堆人眾星捧月地圍著他，走到哪就有人喊「會長好」、「會長早」等等。有些女孩子甚至會暗示或明示著表達好感，互相爭風吃醋。

只是掌握了一點小小權力，身邊的人就一百八十度轉變態度，這讓雨若情深有些不習慣。

打開好友名單，朝屬於對方的欄位望了第N次，「華麗的週末」依然暗著。

其實雨若情深早就知道，華麗和朋友有約先請假了，今天不會上線，但他就是忍不住想看看，說不定對方會提早上線。

有些會員發現他的不對勁。

「我說，會長今天是不是有點沒精神？」

「哈哈，因為今天華麗沒上線吧。」雪花冰笑著回道。

雪花冰是個女法師，技術不錯，為人熱心善良，是在水墨悠然剛創立時便加入的好伙伴，也是雨若情深和華麗的週末在公會裡最好的朋友。

也許是經常相處的緣故，雪花冰看出他和華麗的週末之間從不說破的關係。

某一次，雪花冰私訊給他。

「雨若，你是不是對華麗有好感呀？」雪花冰隨後強調，「當然，我說的不是普通朋友的好感，你懂的。」

不愧是女孩子，天生擁有敏銳的觀察力，又心思細膩。

雨若情深思索著，他確實對華麗的週末很有好感，對方的一舉一動都引起他的興趣。難得遇到契合度這麼高的人，這種感情超越了現實生活中的所有朋友，但有沒有到喜歡的程度……？

超越性別的戀愛他還是頭一次體驗到，自己也無法確定。

雨若情深迷茫地回答：「我也不知道……」

最後，雪花冰說道：「哈哈，我覺得華麗也對你有好感哦。雨若，如果需要我幫忙就直接說，期待你們能在一起～」

也許是習慣平平穩穩過生活，只做自己有把握的事，擔心一個好朋友就這樣沒了、擔心許許多多要克服的障礙，跨過去心中那道坎也沒有那麼容易，雨若情深下意識將感情隱藏起來。

他開始避免接觸相關的東西。

例如，他和華麗的週末並沒有交換任何現實中的連絡資訊，只在遊戲中有交集。

但有一次例外。

原因是，幾個公會成員起鬨，要大家放本人的大頭照，小伙伴都覺得好玩，一一曬出照片。最後，大家把目標放到副會長華麗的週末身上。

華麗的週末是男玩女角，除了雨若情深和雪花冰，沒人知道他的真實性別。

即使被眾人起哄晒照片，華麗的週末也沒答應，冷淡而強硬地拒絕了，眾人覺得掃興，也就不再追問。

後來，華麗的週末和雨若情深私底下閒聊。

華麗的週末抱怨道：「開玩笑，怎麼可能給啊。我的人妖帳要是曝光了，不被眾人組隊圍毆到死才怪。」

雨若情深笑著安慰：「沒關係吧，你向來單身，沒跟其他人要過裝備、也不求人帶練，不會有人在意的。」

雨若情深沒說出口的是，雖然華麗的週末從沒表明自己的性別，但實際上，因為技術過於慓悍，講話粗聲粗氣，沒多少人覺得他是女生。

華麗的週末：「哼哼，本大爺可是又帥又強，要是放上照片，他們就等著羨慕忌妒恨。」

雨若情深：「喔？」

華麗的週末：「我當然是說真的，你以為我在唬爛？雨若，你要看我照片嗎？」

說完隨即意識到，這次他們首次接觸到現實生活這一塊，一瞬間沉默了。

華麗的週末：「呃、還是算了？」

「好呀。」雨若情深不知為何這麼脫口而出。

沒多久，華麗的週末用私訊傳了一個圖片連結給他。

照片裡是名外貌清秀可愛的少年，約十九、二十歲，笑容很活潑，眉宇間洋溢著一點年少輕狂。

跟他想像的一樣，完全是他喜歡的類型。

糟了，他覺得好像可以……

查覺到自己的想法，雨若情深苦笑地想著，或許自己早就喜歡上華麗的週末了。

但是他沒時間多想，隨著公會擴大，加上現實中工作忙碌，他們漸漸忙了起來。

雨若情深平常要上班，剛步入社會有著龐大的工作壓力，他有些力不從心，因此將部分的重要工作交給華麗的週末和雪花冰。

現實生活讓他忙得不可開交，上線時很少有精力聊天，以至於忽略了兩個朋友。

他發現時已經太晚了，不知何時，雪花冰越來越少上線，而華麗的週末竟然藉著女角帳勾搭上了綠油精點眼睛。

他認識的華麗的週末不可能做這種事，但偏偏就是做了。

綠油精點眼睛在新手村殺過他們幾次，後來在公會榜上，今朝有酒今朝醉也是水墨悠然的頭號競爭對手——但這些原因應該不至於構成復仇動機？

他感覺得出來，華麗的週末視綠油精點眼睛為頭號仇人，在計畫著什麼大事。他曾經多次阻止，詢問對方原因，卻只得到一個回答：「我不能說，你去問雪花冰吧。」

但雪花冰幾乎不上線了，就算偶爾登上線看看，他都碰巧沒遇見對方。仔細想想，他和雪花冰將近一兩個星期沒說到話了，昔日好友竟變得如此疏遠。

雨若情深最近忙得焦頭爛額，一直精心準備的大案子快要交件了，事情攸關他能不能升職，所以其他事情只能再等等，等之後再處理吧。

這一等，最後讓他後悔莫及。

華麗的週末做了一件大事，轟動整個伺服器。

他用人妖帳騙到綠油精點眼睛的信任，得到對方的遊戲帳號和密碼，盜光了錢財和裝備，並在主城中隨便點玩家贈送。

似乎還嫌不夠狠，他用綠油精的帳號在世界頻喊著「替天行道，永絕後患」，然後直接刪除帳號，從此以後，遊戲裡少了這個人。

不僅如此，華麗的週末用商城的性轉卡將女祭司轉成男性，一直空著的大頭照放上了本人照片，在世界頻大聲宣布自己是男的，彷彿在嘲笑綠油精的無能。

綠油精點眼睛發覺被人坑了，簡直要氣瘋了。他創了一個分身在世界頻天天洗頻狂吼，說將要跟官方反應拿回帳號，並且採取法律途徑，控告華麗的週末，叫他小心一點。

不過，綠油精點眼睛還沒採取任何行動，又爆出一個驚天消息：遊戲官網發出公告，綠油精點眼睛被永久停權。

官方的理由是，綠油精點眼睛騷擾女性玩家，嚴重違反遊戲紀律，經討論後歸為惡意玩家，沒有恢復帳號的可能性，直接永久停權。

不僅受害者沒有恢復被刪除的帳號，還被公告停權了，加害者則一點處罰都沒有。

這謎一般的理由讓《蒼空Online》的所有玩家議論紛紛，大家只知道華麗的週末用人妖帳盜光加刪除綠油精點眼睛的帳號，怎麼突然冒出綠油精騷擾女玩家？這什麼時候的事？

雪花般的詢問信塞爆官方信箱，官方卻再度回應，綠油精點眼睛是在證據充足的情況下被停權處分，為尊重及保護該位女玩家的權益，官方不會公布詳細內容。

官方還強調，若綠油精點眼睛再創分身，持續在遊戲中進行這種騷擾行為，官方將會收集相關證據，採取法律行動。

後來有消息指出，官方收到兩封信施壓，一封是臺灣知名律師團隊的存證信函，另一封則來自某知名國際組織。

被遊戲官方直接警告，又突然冒出了眾多龐大勢力，就算綠油精是個有錢的紈褲子弟，也嚇出了一身冷汗，不敢再鬧。

這下綠油精整個龜縮回去，乖乖地不說話了。

所有玩家霧裡看花，不曉得在演哪一齣。

根據流傳出來的消息，只大概知道存證信函來自一個名為劉一葵的知名律師。

奇怪的是，這位律師本人的照片跟華麗的週末拿來騙人的美女照片長得一模一樣。

另一封信件則來自美國的國際組織。

雨若情深好奇地上網查過，該組織的創辦人白夜非常年輕，才二十歲，是個海外留學歸來的臺灣人。

白夜是個智商兩百的天才兒童，兩年前在美國跳級念完數學和電腦雙博士，並創立了一家科技公司，發表了跨時代的研究成果。這樣的人創立的國際組織，卻莫名插手管到一個小小手遊，讓人摸不著頭緒。

兩個名字十分耳熟，雨若情深後來想起，華麗的週末經常將「白夜大哥」及「一葵姊」掛在嘴邊，想必與他們的關係匪淺。

玩家們的疑惑和各種討論塞爆遊戲論壇，華麗的週末卻隻字不提，事主綠油精更是閉緊嘴巴裝聾作啞。若是有人提到「騷擾女玩家是怎麼回事」，綠油精會直接爆氣跟對方 **PK**。

華麗的週末依然緊盯著綠油精，整天往新手村方向跑，發現對方創新的分身就開紅狂殺，鬧得綠油精在遊戲中幾乎練不下去。

然而，綠油精被人坑得這麼慘，卻沒有放棄掙扎。

表面上他沒有繼續鬧事，卻把目光轉向水墨悠然公會，花錢在論壇雇用大批殺手，天天暗殺、搶王，狂找水墨悠然成員的麻煩。

包含雨若情深在內，許多玩家都要華麗的週末出來向大家解釋。然而這個倔強的金髮祭司依然不以為意，反正他在這遊戲中常扮黑臉，仇人多一個不多、少一個不少。

不得不說，華麗的週末做這些事時根本不在乎後果，導致最後兩敗俱傷。公眾與論不但沒站在他這邊，還倒向了綠油精。至少眾人都知道綠油精是確確實實被盜光加刪除帳號，對華麗的週末的評價慘到不行。

雨若情深天天處理公會成員被殺事件，心煩意亂。會員練等處處受阻，水墨悠然因此退了許多人，從排行榜第一名掉到第四名。

在雙方都忙得焦頭爛額時，雨若情深和華麗的週末起了爭執。這是他們第一次起衝突，也是最後一次。

「雨若，你為什麼把雪花冰踢出公會？」

「華麗，她已經三天沒有上線，即使上了，時間也非常短。」

「雪花冰最近心情很差，我就快處理好了。跟她聊一聊，逗她笑一笑，說不定她就會再上線了。」

「華麗，你應該知道，公會規定就是這樣。」

「……雨若，你有關心過雪花冰嗎？」

「這陣子太忙，剛好都沒有遇到她。」

「……我對你太失望了。雪花冰還是有上線，你願意湊出時間聊聊，她就會說明原因了。然而事情發展到現在這個地步，你卻像個外人一樣什麼都不知道！

你根本就沒關心過她！」

他的一無所知，讓華麗的週末突然暴怒，對他劈頭大罵。

「雪花冰為公會貢獻這麼多，有將近三分之一的人是她收來的，現在就因為她上線不夠久，要把她踢掉？雨若，你知道她遇到了多大的麻煩嗎？為什麼不能體諒她？」

「是，我不知道她的苦衷，真是對不起。」雨若情深也有點生氣，連日以來的壓力爆發。

「華麗，你知道為什麼我要大肆整頓公會，清出位置，積極拉新人入會嗎？因為我們公會這陣子被瘋狂追殺，大家幾乎出不了城鎮，很多人都退了。而水墨悠然會被處處針對，元凶就是你！」

雨若情深說完就後悔了。綠油精在遊戲中雇用殺手襲擊看不爽的公會，是最下流卑鄙的手段，他不應該把綠油精的無恥行為怪罪到華麗的週末身上。

身為會長的他，此時應該要保護好華麗的週末、鞏固水墨悠然，讓砲口一致對外才對。而不是窩裡鬥，要自己的副會長負責。

華麗的週末：「呵，這是我的錯？你們沒本事去找綠油精報仇，現在反倒怪到我身上？怎樣，柿子挑軟的捏？」

話說出口，已經來不及收回，他們用公會頻道說話，水墨悠然的成員立即被激怒了。

「華麗的週末，會長好好跟你說話，你這是什麼態度！我們每天上線就被追殺，要不是會長要我們忍著，早就爆了。」

「別太囂張了，都是因為你，害我都沒辦法練等。原本我這禮拜就能升級的，現在都想棄坑不玩了。」

「上次打的寶被搶走，損失慘重，華麗的週末，難道你不用負責嗎？」

「很多人都受不了退公會了，水墨悠然降到第四名，華麗的週末，你看看自己給公會造成了多大的麻煩！」

「受不了，為什麼這種人是水墨悠然的副會長！他沒資格！」

其中一個男弓手無敵讓讓的反應最激烈。這弓手之前跟華麗的週末有過摩擦，早就看他不順眼了，此時逮到機會，更加油添醋大鬧起來。

無敵讓讓：「沒錯，我們來連署把華麗的週末踢出公會！他沒資格待在水墨悠然！」

眼見公會內部越鬧越大，雨若情深急忙安撫眾人。會長親自出面勸阻還是很有用的，眾人很快安靜下來。

雨若情深提出一個折衷的辦法。

「華麗，公會同心一起對抗綠油精點眼睛，這當然沒有問題。但很多公會成員反應，他們需要知道為何而戰，究竟你和綠油精是怎麼結仇的，希望你能在公會頻道裡解釋一下吧。」

雨若情深私訊給他：「一個理由就好，我們一起幫你。」

「我……」

華麗的週末遲疑了很久，所有人等著他，將近一分半鐘後，他才下定了決心。

華麗的週末：「我不能說。」

這下公會頻道炸翻了。

以無敵讓讓為首的反對派跳腳了。

「華麗的週末，連個理由都不想掰嗎？少自以為是了！」

「會長，華麗的週末根本就沒把公會放在眼裡，為什麼整個公會還要護著他。」

「華麗的週末還是副會長呢，這種人太丟人現眼了！」

公會頻道一片反對聲浪，抱怨連連，要會長趕快處理。

事情來到了最糟的地步，雨若情深只好下了決定。

他約華麗的週末在主城碰面，十分婉轉地表達自己意思。

「華麗，無敵讓讓發起發起罷免你的投票，水墨悠然的副會長可能要重新選舉了。」

「嗯。」

聽完他的話，華麗的週末出奇平靜。他原本以為對方會和自己大吵一架，甚至開紅想殺他，但這些都沒有發生。

華麗的週末重覆道：「拿掉副會長頭銜，避一下風頭，平息眾怒，我明白你的意思。」

「罷免投票，我記得……那是不記名投票。我想知道的是，雨若，你是怎麼想的？」

「……大多數人都贊成罷免，情況不樂觀。」雨若情深接著補充，「只是暫時的，華麗，你仍舊是水墨悠然的一員。」

華麗的週末一動也不動，沉默不語。

良久，對方淡淡問道。

「雨若情深，連你也不相信我嗎？」

雨若情深語塞。他當然相信，完全相信呀！但是事實擺在眼前，華麗的週末不肯說出詳情，連一句辯駁也沒有，他還能怎麼樣？

「華麗，這是為了保護你。等事情平息，我會恢復你的副會長職位。」

雨若情深說罷，一咬牙，移除了華麗的週末的副會長職位。

少了華麗的週末和雪花冰，水墨悠然的職位欄一下子全暗了，副會長和長老呈現空缺狀態。

短短幾個月，水墨悠然的初代創立者一個被踢掉，一個被解職，只剩下雨若情深一個人。

華麗的週末轉動自己的人物，在城門口停住，金髮祭司背對著他。

「我為這個公會盡心盡力。為了打城戰，我記下全部成員的名字等級和職業。有會員在大半夜叫一聲，我就特地上線幫忙過困難級副本，不收一件寶物。這個公會裡頭哪個人沒被我帶過副本、沒收過我的裝備？

「事到如今，一群殺手襲擊，這些人就只想到自己，說翻臉就翻臉……你們也太無情了。到底是為了公會整體發展，還是為了自己輕鬆，你們自己心裡有數。

「算了，隨便你們。雪花冰沒上了，我在這遊戲裡也沒其他朋友。

「水墨悠然已經不是當初創立時我心中預想的模樣了。這個公會變了，不值得我堅持下去。」

【世界頻道】系統提醒：玩家〈華麗的週末〉，退出公會〈水墨悠然〉。

雨若情深一愣，趕緊追上前，但金髮祭司早已經傳送離開，不知去了哪裡。

點開好友欄，屬於華麗的週末的那一欄竟然消失了，找不到他的名字。

他嘗試發送密語，系統卻提醒他此玩家不在線上，但是華麗的週末明明剛才還在的。

他被加入黑名單了。

雨若情深這才發現，一個人失望至極後，連打打殺殺反抗洩憤的慾望也沒了，就這麼一走了之。

從那天起，他便沒有再和華麗的週末說過一句話。

他知道對方在線上，好幾次追著人進入同一張地圖，但華麗的週末遠遠看到他就立刻走掉。

華麗的週末不打不鬧，彷彿不認識他了，把他當成空氣徹底忽略，這種作法讓雨若情深更加難受。

金髮祭司的頭頂上空空的，沒有再加入其他公會，上線時間也變少了，偶爾才組隊打打副本。

雨若情深曾意外碰見剛從副本走出來的華麗的週末，身後跟著一個名為

Flying Penguin 的黑衣劍士。

「企鵝，你進步很多呢。」

「真的嗎？那可以去兔子村嗎？那裡的花朵兔子怪超級可愛，我想去很久了！」

「哈哈哈，還早呢，你會被虐慘慘的。別整天肖想吃兔子，你去那邊會反被兔子吃……唔，企鵝被兔子吃……噗哈哈哈。」

「華麗，你的笑點很奇怪……」

在別人面前，華麗的週末依然會大笑會生氣，像以往那樣活潑自然。

雨若情深想起來，**Flying Penguin**，中文「飛翔的企鵝」，是華麗的週末已經叛師的徒弟。

連叛師的徒弟都能重新接納，華麗的週末卻不願再接近他？

「走吧，你想打兔子就帶你去。」

金髮祭司隨手揮舞法杖，給隊友加一口血。飛翔的企鵝和他是同個職業，髮色和衣服也碰巧相同，金髮祭司與黑衣劍士並肩走著，就彷彿他們還在一起一樣。

畫面依舊，只是華麗的週末身邊的人不是他了。

在角落看到這幕，雨若情深心漸漸沉了下去。

雨若情深很後悔。

水墨悠然在華麗的週末離開後，氣氛漸漸變了。

一個綠油精擾亂，就讓公會直接拋棄了副會長，其他小會員就更好拋棄了。

踢掉華麗的週末後，他們陸陸續續又踢掉第二個、第三個人，至於誰先惹上仇家，是對是錯，根本沒人在意，反正麻煩的人先踢掉就對了。

雨若情深有點麻痺了，以前他會仔細管理公會，現在卻對踢人、加人、處理事務什麼的都不太在乎了。

他開始想著，沒有華麗的週末的公會，繼續堅持著還有什麼意義嗎？

在此時，他發覺，遊戲的各個角落竟然都搜尋不到對方的身影了。

雨若情深找人找得有點慌了，最後乾脆找上 **Flying Penguin**。

飛翔的企鵝：「你來幹什麼，滾！」

等級和戰力低他許多、不知天高地厚的小新手，竟然敢對他開啟殺戮模式。

雨若情深：「華麗的週末呢？」

飛翔的企鵝：「哼，我討厭你，沒有理由告訴你！」

雨若情深：「我說，你知道這幾天發生的事嗎？」

飛翔的企鵝：「我不需要知道！」

一問之下，眼前這個人對所有事全不知情。

也是，飛翔的企鵝沒加入公會，不打競技場，也不上世界頻道和人互嗆。白白淨淨的一個人，這些日子上演的愛恨情仇，跟他毫無關係。

雨若情深莫名有點煩躁。

口口聲聲華麗華麗的喊著，他又懂什麼了。

對方當然可以輕鬆地為華麗的週末抱不平，而處在那個壓抑的環境中的雨若情深能怎麼做？他是會長，還有很多要安撫要處理的人，為了顧全大局……他也是盡自己最大的努力了。

但所有人都責怪他，說他辦事不利、讓公會排名下降，說公會氣氛變差，說他氣跑了副會長華麗的週末，甚至雪花冰不在了也怪到他身上。

飛翔的企鵝收起長劍，盤腿坐在地上。他說的話十分直白，雖然有些不經世事，但能讓人感受到真誠。

「誰有仇，誰背叛，我是不知道，但是，我相信他的為人，我相信華麗的週末。

「雨若情深，你和他相處了這麼久，難道不知道他的個性嗎？」

「……」

雨若情深頭也不回地離開了。

從對話間，他大概得知華麗的週末離開遊戲了。大約三天前，便沒再登入過。

這結果並不出乎意料，應該說，遲早會發生。

雨若情深盯著螢幕，出神已久。

他當時到底在想什麼？認為被解除副會長職位，受到屈辱對待的華麗的週末會繼續待在公會裡？

解除副會長職位，代表著華麗的週末被一手培養的至親背叛了。公會、朋友，在一夕之間都沒了。他玩這個遊戲的意義，也就沒有了。

對方徹底心死，是他一手造成的結果。

雨若情深看著手機，手指在遊戲圖標上按著……又放開，來回重覆，猶豫著要不要刪除遊戲。

此時，他竟收到亞亞米的私訊。

華麗的週末照三餐仇殺，世界頻道也天天有人罵他，綠油精被煩怕了，似乎放棄再開分身，直接把妹妹的高等帳號亞亞米拿來用。

這次綠油精學乖了，行事無比低調，大概深怕被認出來，他維持著亞亞米的女法師人物和妹妹的大頭照不變，至今沒惹出任何事情。

綠油精點眼睛的帳號被刪，今朝的會長處於空缺，主要的管理責任便落到副會長亞亞米身上。基本上這兩人都是同一個人，綠油精勉強保住了公會，這次亞亞米就是以處理公會事務為由私訊給他。

「雨若情深，如果以前的仇一筆勾銷，要不要合併公會？」對方單刀直入地問。

對綠油精而言，他跟雨若情深這人根本稱不上有仇。而對雨若情深來說，和綠油精唯一的仇就只有新手村那一次，對方多半也忘記了。

兩人都不算有仇，那就有討論合作的可能性。

之前華麗的週末和綠油精滿世界互嗆，鬧出一連串風波，導致一般玩家對今朝和水墨的評價都不是太好。

可畢竟他們還是第一和第二大公會，掌握了勢力和說話聲量，如果一起合作，不僅能將之前的仇恨拋到腦後，還能更壯大公會，扭轉大眾對他們的印象。

雨若情深不到三秒便想通了利害關係，綠油精這算盤打得可真好。

水墨悠然的內部已經糜爛無比，只剩下看似強大的空殼，隨便一個衝擊就能分崩離析。此時的合併公會提議，或許正是轉機。

他問：「為什麼突然這麼提議？」

綠油精說道：「我看過你對戰的側錄影片，很欣賞你精湛的遊戲技巧。雨若情深，你是個好人才，不好好把握就太可惜了。你缺什麼，我就出錢培養，我們把水墨悠然的會員併來今朝，成為這伺服器內最大的公會，這樣不是一舉兩得嗎？」

雨若情深：「行，那我要當會長。」

在缺少會長的情況下，必須由副會長挑出一個人選，所以綠油精可直接讓雨若情深當上今朝的會長。

《蒼空 Online》有個很特殊的機制——「選舉制」。在一般情況下，會長和副會長可以決定任何事情，但多數群眾若是對會長不滿意，想要強行罷免會長，可以發起公會成員投票，半數上數以上通過將自動罷免對方，最多耗時一個月的時間。

也就是說，雨若情深如果真的當上了今朝的會長，就必須在一個月內穩定公會內部，拉攏培養自己的人，降低之後被罷免下臺的可能性，到時就連副會長綠油精也拿他沒辦法。

但同樣的，副會長也能用同樣的方式罷免，他和綠油精成為正副會長之後，便是一場長期的拉鋸戰。

「哼，真是敢說呀。」綠油精咬著牙說。

「不，是你需要我。」他一語道破，「只憑亞亞米這個生活玩家的帳號不行吧？你只能靠我才能擔起公會表率，不然你試著恢復綠油精身分，保證馬上被眾人的唾棄淹沒。」

雨若情深猜得沒錯，綠油精鬧出一連串風波，公會內部出現強烈反對聲浪，面臨了被拉下臺的窘境，所以才四處拉攏靠山和幫手，維持自己在公會裡的地位。

綠油精想了想，同意道：「……好吧，但是有個條件，兩天後商城會出改名卡，我希望你改個暱稱。不然前敵人立刻成為新會長，我對舊會員不好交代。」

「可以。」雨若情深點頭。

就這樣，他和綠油精達成協議，將水墨悠然解散，剩下的會員則合併到今朝有酒今朝醉。

接著，他將自己改名為——望心。

今朝有酒今朝醉的新會長，望心，橫空出世。

他改名不久，**Flying Penguin** 也莫名消失，沒再出現在遊戲之中。

過了許久，經歷一次次的城戰，他爬上玩家排行榜第二名。

今朝有酒今朝醉的公會頻道十分熱鬧，成員時常洗頻聊天，即使如此，他依然會在每天晚上想起華麗的週末。

他偶爾會想起以前，自己因為各種理由踱步不前、畫地自限，猶豫著不敢說出真實心意，導致失去他這生中最喜歡的人。

以前懵懂無知的自己，真是太愚蠢了。

他的新暱稱「望心」，之所以取這個名字，是期許自己能望向初心。

在夜晚的寧靜時刻，他習慣一個人來那顆大樹前，站在樹枝上眺望。

可惜，身旁沒有金髮祭司相陪。

他多次想著，如果沒有發生那些事……華麗的週末還會站在他身邊，當他專屬的副會長嗎？

他很懷念，懷念新手時期。沒有任何權勢，穿著破破爛裝備，卻依然能夠天天玩得很開心。路上遇到的人全是朋友，沒有勾心鬥角、陰謀陷害。最重要的是，有那位金髮祭司華麗的週末的陪伴。

自從華麗的週末離開以後，他發現再也沒有人能取代對方的位置了。剩下他一人，玩什麼都索然無味。

失去了人，他才懂得珍惜，但是一切都太晚了。

好友欄位那暗著的名字，永遠不可能再上線了。

華麗的週末，我好想你。

大神的正確捕捉法

How to Successfully Catch Your Legend

第七章

【世界頻道】系統提醒：「公會〈今朝有酒今朝醉〉，向公會〈水藍〉正式宣戰，雙方將在下次城戰中一分高下！不見不散！」

【世界頻道】望心：「伏燁，誰是遊戲裡第一人，就在下次城戰分出勝負吧。」

【世界頻道】伏燁：「我奉陪。」

莫時慢了一步，看見水藍公會的布告欄貼著這則訊息時，他真是哭笑不得。想到昨天伏燁緊緊抱著他，兩人進房間後，又被對方按在床上激烈舌吻，對方那隱瞞不住的得意神情……原因不言而喻。

莫時吐槽道：「還沒開戰呢，你一副獲勝的表情是怎麼回事？」

「我得到你了，這已經是最好的獎勵。」伏燁笑著說。

「別鬧，認真點。」莫時輕輕搥了對方的肩膀一下。

「我很認真！」伏燁像隻大狼狗一樣撲上來抱住他，柔軟的髮絲蹭了蹭他的臉頰，莫時覺得有些發癢。

「下次城戰……我的手傷應該就全好了，使用高難度動作也不會有問題。我想要和望心認真打一場，這次我不想再輸了。」

莫時望著近在咫尺的俊容，額頭抵著對方的額頭。「伏燁……」

「嗷嗚～～」黃金獵犬看著自家主人抱成一團，興奮地搖著尾巴，也跟著一起撲了上來。

「哇，好重！」莫時的身上掛了兩隻大型犬，往後跌坐在地上。

伏燁站起身喊到：「小不點，爸爸跟你說了多少次，你那麼大隻，不可以隨便撲倒別人！」

「噗……你這狗主人撲倒人的次數最多了，有什麼資格教訓牠。」莫時吐槽。

「是嗎？小不點，那我們一起對爹地大聲道歉，要有家教呀。」

伏燁雙腳盤腿坐著，把黃金獵犬放在腿中間，用手輕輕拉開狗嘴巴兩邊，讓小不點呈現嘴角上揚憨笑的模樣。

「不、可、以、撲、倒、爹、地。」伏燁雙手捧著黃金獵犬的臉，一字一句說道。

「嗷嗚？」小不點歪著頭，尾巴甩得更激動了。

「噗哈哈哈哈！受不了，你們兩個一模一樣！」

莫時被這對活寶的蠢樣逗得哈哈大笑，換他撲上去，雙手將一人一狗緊緊抱住，放到懷裡用力磨蹭。

瞬間，莫時想起遊戲大頭照上那個抱著大狗微笑的男人。記得，對方如陽光般燦爛，那單純而耀眼的爽朗微笑，照進了自己的內心。

莫時笑得要內傷了，以至於完全忽略了自己不知何時成了「狗爹地」這件事。

一陣子後，他們在沙發上並肩而坐，而黃金獵犬滿足地橫躺在兩人大腿上，霸占了特等席，懶洋洋地打著哈欠

同樣相連的是——兩人緊緊交握的雙手。

「伏燁，你不是一個人。」莫時將頭輕靠在伏燁肩上，「這次城戰，我也會幫你的。」

伏燁伸出手整理他額前一撮凌亂的髮絲。

「那麼……就有個小問題了，一個普通會員，是沒有權限指揮城戰的哦？」

「嗯，我知道。」莫時點點頭，聽懂他話中的含意。

畢竟伏燁在加他入會時，便表明了要把那個位置給他，骷髏更是三番兩次哀求他接手，天天喊著要罷工不幹了。

「我……差不多該接下那個位置了。」莫時下了決定。

伏燁笑了笑，深邃眼眸裡倒映著他的模樣。

「是的，我的副會長。」

【世界頻道】系統提醒：「公會〈水藍〉，將會員〈華麗的週末〉升職為副會長，開放更多公會管理權，恭喜職位更進一階！」

系統公告完畢，莫時看見螢幕中的金髮祭司被一道金光籠罩，頭頂上多了一個稱號：「水藍的副會長」。

加上「伏燁的丈夫」，如此一來他便有兩個稱號了。

伏燁在旁撒著小花，繞著他轉圈慶祝，身旁有幾個小會員看到，也眾星捧月般把他為在中間轉圈。

【公會頻道】貓耳控：「恭喜恭喜，華麗終於晉升副會長了。」

【公會頻道】骷髏：「嗚嗚嗚嗚，太好了，我等了這天不曉得等了多久。謝謝大家，我能有今天的成就，首先，要感謝我的爸媽、我的兄弟姊妹、我的老師同儕，最重要的是交到一個賣朋友的混蛋損友，一度讓我深陷煉獄底端。如今，我終於解脫了……」

【公會頻道】圓圈圈：「骷髏是怎麼回事？只不過是把副會長轉交給華麗，搞得好像中了百萬樂透一樣高興？」

【公會頻道】朝如青絲：「你不知道呀？骷髏早就想要退居幕後休養人生了，但是一直找不到合適的接任人選，所以老大不給退。」

【公會頻道】骷髏：「你們不懂，副會長這個職位不是人幹的，身兼重任，又沒有會長威風，這麼重要的任務恐怕只有華麗能夠勝任了！」

【公會頻道】死神柯南：「呃，怎麼聽起來副會長這職位好像吃力不討好，很辛苦呢。」

【公會頻道】貓耳控：「你們別亂說話，老大可是使出渾身解數、裸體色誘，外加裝可憐連拐帶騙，好不容易才幫你們找到副會長的。」

【公會頻道】伏燁：「沒錯，我好不容易拐來新副會，別把人家嚇跑了，大家快來朝拜新的副會長｛@°ꈊ°@｝」

【公會頻道】華麗的週末：「……呃，我覺得，好像獲得一個不得了的身分，有點想逃跑。」

【公會頻道】骷髏：「不不——華麗，別千萬別跑啊！來，大家快集合起來，用力刷花花恭喜（✿▿✿*）」

【公會頻道】貓耳控：「副會長好≧❀（❀≦」

【公會頻道】霸北：「會長夫人好（◕ω◕✿）」

【公會頻道】死神柯南：「大姐頭好（✿☯（☯✿）」

【公會頻道】伏燁：「老婆大人好（⊙（⊙）ノ✿」

某個傢伙湊什麼熱鬧！

亂七八糟的稱謂在公會頻道滿天飛，莫時想一想也對，他可是身兼會長夫人和副會長兩個職位，這些小伙伴極度熱愛開玩笑，短時間內想被正經稱呼應該很難。

在水藍公會小伙伴的歡呼聲中，莫時有些緊張地開口說話。

【公會頻道】華麗的週末：「咳嗯，大家好，我是新的副會長華麗的週末。」

瘋狂歡呼聲再度淹沒頻道，骷髏跳出來清乾淨之後，莫時馬上進入正題。

【公會頻道】華麗的週末：「既然我當上了副會長，一定會盡力帶給公會最大的助力，那麼首先……我們來討論下週的城戰攻略吧。」

話題急轉直下，水藍小伙伴紛紛傻住，發出哀號聲。

莫時想了想，深入正題：「是的，我知道水藍的公會方針是中立，以往城戰都採取穩扎穩打的守備策略，只占領最重要的主城。不過，只憑這樣的策略，是沒辦法穩定成為第一，必須要打贏城戰，打贏競爭對手，才能穩定公會的位置。」

水藍是目前綜合排行的第一大公會，靠的並不是城戰，純粹只是和平策略讓其他公會不太會找他們麻煩。還有就是公會裡頭的高手眾多，例如遊戲第一大神伏燁，還有以你為名的小說、朝如青絲、霸北這群人，一起拉高了不少公會戰力。

但論起每次城戰的排名、擁有城鎮多寡，他們根本比不上第二名公會今朝有酒今朝醉。

今朝在謀略上有著獨到遠見，經常以少擊多，漂亮搶下別人的城鎮。僅管手段有些霸道，還常常惡意殺人，在玩家間評價不怎麼樣，今朝依然穩占第二名成績。

莫時研究過水藍的會員資訊，仔細分析局勢，覺得打倒敵對公會並不是不可能。

只要多練習，再加上適當管理，配合出強大默契，他們就能打贏今朝有酒今朝醉！

【公會頻道】華麗的週末：「我希望讓水藍公會成為名符其實的最強公會！揚名全伺服器！」

水藍眾人：「喔喔喔喔喔！」

莫時這番熱血發言感染了所有人，公會頻道徹底沸騰。

以下週城戰為目標，大家忙碌了起來。

水藍和今朝有酒今朝醉互相宣戰的事情在論壇上傳開了。

攻城當天，伺服器呈現一片紅字，幾乎所有玩家都擠上線，加入這場世紀之戰。

如莫時和伏熚的預料，當天網路十分緩慢，畫面卡到不行，好在他事前提醒過公會眾人，做好了預防措施。

水藍公會小伙伴此時都待在家裡，一面開著電腦，一面用手機，兩邊雙開著上線。

一般而言，電腦模擬器跑手遊會比較慢，玩家通常都使用手機登遊戲，電腦則開著多人通訊設備，直接語聊溝通，節省打字時間。

莫時看著水藍會員進入戰場集合，心跳慢慢加快。

「公會頻道淨空，禁止閒聊，隊長先進入頻道。

「記住，每個人有自己的任務，等等聽從隊長指揮，以完成任務為優先。不要隨便離開崗位，亂跑給敵人送頭。」

他依照以前打城戰的經驗，將整個公會分成小組，各組推派一個最強最穩定的玩家擔任隊長，再依照隊伍形式分配任務，而他和伏熚則是最上層的總指揮。

城戰一開始，水藍的主城便受到來自四面八方的猛烈攻擊。

今朝有酒今朝醉的人數非常多，一波波如潮水般襲來，淹沒了畫面。

今朝公會的人像軍隊一樣整齊有序，一排排站定位發動攻擊，技能撲天蓋地打來。玩家都穿著中上水準的裝備，清一色是商城點數裝，他猜是綠油精為了這次城戰直接砸了大錢，強硬地提升整體公會的戰力。

莫時站在城牆角落，操縱著金髮祭司施展祝福，給每個水藍小伙伴加上攻擊加成、回復和回血咒術，偶爾會冒險跳上外圍，給受傷的劍士一兩道治癒術拉回血量。

身為會長的伏燁則站在最前方，擋在城門口，利用劍士耐戰抗打的特性，揮一劍就擋住十幾個人，僅有少數幾個僥倖逃脫。不過那些漏網之魚馬上被以你為名的小說以一道火牆擋下，後面的法師團緊接著補刀掉滅敵人。

水藍的公會頻道難得安安靜靜的，只有幾個無法待在電腦前的小伙伴，會用語音喇叭說明遇到的問題，請求協助。

敵人專挑漏洞鑽，莫時有些意外，他們像是繞過城鎮幾百遍般，十分熟悉內部結構。照理來說，系統不會允許玩家從城門口以外的地方進入，敵方卻總能找上幾個 BUG，例如樹上縫隙、一些破損的城牆縫隙、某些略矮的樓層，在系統沒有規範的地方闖入，無孔不入地想鑽進城裡。

不過，水藍的人手調度適當，發現敵人蹤跡後，以霸北為首的刺客部隊立刻進行追擊，快速消滅所有漏網之魚。

【世界頻道】系統提醒：「警告，水藍公會的防護罩，剩餘量80％。」

莫時一愣，仔細一看，城門口那透明的保護罩……被打出一道裂縫了。

每座主城都有專屬的防禦罩，將敵方玩家隔絕在城牆之外，因此守城方只需要守在門口，抵擋住攻擊即可。

但是，此時防護罩竟只剩80％強度，還持續減少中，瞬間降到了60％。若數字歸零，等於主城直接送給了敵人。

這代表有敵人在水藍公會的眼皮下偷溜進來，在開戰不到十分鐘時，就快打破防護罩了。

城門口的激戰依舊猛烈，莫時需要讓水藍眾人專心抵擋主要攻擊，以免放進更多的敵人，所以主力部隊一步都退不得。

能夠偷溜進城的手段十分有限，大概只有一兩個人溜進來吧。權衡之下，莫時下達指令。

「我需要一個反應速度快的人，誰能去看看？不用硬碰硬，找到對方位置回報就好。」

「我來。」伏燁說。

伏燁持劍揮出一招大絕，把又一波敵人撞飛後，轉身離開大門。霸北、朝如青絲等隊伍自動補上空缺。

黑衣劍士走遠後，水藍眾人變換陣型，再度擋住敵方的強烈攻勢。

就在此時，莫時收到一條密語訊息。不自覺地，他的嘴角緩緩勾起。

華麗的週末：「別擔心，幫手來了。我們可是很強的，大家加油。」

伏燁快速繞著城門走，利用系統 BUG 偷溜進來的殺手不少，不過位置就那一兩處，只要抓住大致方位一個個找，遲早找得到對方。

不久，敵方從角落的陰影處慢慢走了出來。

伏燁微瞇起眼睛，看見敵人的真面目時，他一點也不驚訝。

他握緊手中長劍，朝對方打了聲招呼。

【普通頻道】伏燁：「嗨，望心，不……你就是雨若情深吧。」

兩名劍士持劍而立，伏燁率先走上前。

「自從新手時期輸給你之後，我發過誓，再也不會輸了。」

望心顯然愣住了，幾秒後人物才動了一下。

身分被戳破時，他也在一瞬間意會過來，望心也轉到普通頻道。

望心：「你……你是華麗的徒弟，飛翔的企鵝？」

「……不要叫我那個名字。」伏燁不滿地哼道，「不過，我曾經是華麗的週末的徒弟，這件事我引以為傲。」

望心：「看來我們都改名了，而且彼此都隱約知道對方存在。」

伏燁：「是呀。」

望心停頓片刻，喃喃道：「沒想到當初一個小新手，竟然成立了水藍公會，把公會壯大成如今的規模……為什麼這麼拚命呢？這公會有什麼意義？對了，這個公會的名字有點耳熟……是因為華麗說他喜歡水藍色？」

「……」伏燁沒有說話，僅是讓人物淺淺一笑。

望心：「我早該想到的，『水墨悠然』當初也是想要取名叫水藍……這個公會是為了華麗而創，那麼，你這麼做是讓華麗的週末回歸遊戲時能有個歸宿吧？真是不敢相信，當初還是個 NPC 跟怪都分不清楚的小新手呢，我看走眼了。」

「你也讓我十分意外。」伏燁說道，「我也沒料到你竟會親自解散水墨悠然，去當今朝有酒今朝醉的會長。」

望心提醒：「正確地說，是兩個公會合併，對彼此都有利。」

伏燁：「是合併還是被併吞，你就繼續騙自己吧。公會合併後完全向今朝的舊有模式靠攏，哪還有水墨悠然的影子存在。」

「隨你說。」

「雨若情深，你看起來不像是會屈服的人。」

「……伏燁，你就是這樣對華麗的週末死纏爛打的嗎？華麗從以前就是這樣，只是看起來凶，但若是一直懇求，他就會心軟幫任何忙。他這爛好人的性格要改改，不然總是吸引到奇怪的人。」

「雖然是我主動追求他，但我沒有強迫華麗做任何不想做的事。」

「呵呵，是嗎？我記得一開始，華麗根本就把你忘得一乾二淨。你有沒有想過，他是真的想跟你有所交集嗎？」

「我不在乎，重點是現在我們在一起了，珍惜著彼此。雨若情深，我可不會像你一樣，傻傻地放走喜歡的人。」

「……伏燁，我會讓你知道，你所做的一切完全沒有意義。你依舊和以前一樣，是我的手下敗將。」

「我果然和你磁場不合，要打就來打吧。我不是當初那個什麼都不懂的小新手，我已經能夠保護他了。」

「就憑你也想保護他？別笑死人了。新手時我打贏了你，現在，我也依然能打倒你！」

話已至此，兩名劍士持劍對峙。

兩人不廢話，直接放了大絕。望心施展成名技，釋放出沉積已久的魔力。以魔力為代價的旋風逐漸凝形，變成巨大的龍捲風，像隻龐然大獸般刮著颶風砸向敵人。

伏燁第一時間退了十多步，但絕招是自動鎖定攻擊，依舊逃不過被捲入的命運。

黑衣劍士被被凌亂的空氣刮起，但迅速找回平衡感。他將長劍舉至前方，在旋風中左右跳動，接著瞄準風力薄弱之處，一技漂亮的橫斬，劈開了龍捲風的攻勢。

伏燁從高空落下，穩穩站定。

雨若情深謹慎地瞇起眼睛。是他的錯覺嗎？對方的速度似乎變得更快了，難道之前是特別隱藏了實力？

接著，兩人使出最一般的打鬥技能，刀劍交鋒，你來我往地過招。

兩人都是高手，遊戲技巧精湛，技能使用得滾瓜爛熟，基本上戰鬥很少犯錯。

這麼一連打上五分鐘，竟然不相上下，誰也不讓誰。

但是超越七分鐘後，原本平手的局面，漸漸倒向伏燁那邊。

他的攻擊越來越有力，武器隱隱發著光，吸收著周圍的力量。

伏燁選擇的屬性是地，這個屬性偏向溫和平淡，乍看之下很普通，打怪沒什麼特殊效果，沒有專屬大絕招，也不會在武器上發出耀眼光芒，卻有一項獨特的效果——持久性。

待在同一個環境下超過五分鐘，他的地屬性會吸收對方的力量轉換給自己。

也就是說，在相同條件之下，伏燁會越打越強。

因為觸發條件嚴苛，地屬性絕招並沒有時間限制，屬於永久性技能。

當然，不是每個人都能好好利用地屬性。這需要極為熟練的技能變換技巧，和應變妥當的動態視力。最重要的是操作速度必須夠快，才能擋下敵人攻擊，進而吸收成自己的力量。

雨若情深發現，伏燁的每個技能轉換都是慎重考慮後才放出，不論是站位、移動，還是高超的反應速度，這場對決的勝負關鍵對方顯然都在自己之上。

瀑布般激烈的攻擊持續不斷，雨若情深漸漸支撐不住，最後長劍被一擊打飛。

戰鬥結束，血量歸零。

螢幕一片漆黑，雨若情深發現自己動不了人物，拉動畫面看到對方的鞋子，好一陣子才反應過來，是自己輸了。

伏燁收起長劍，連看也沒看他一眼，果斷地回城門支援其他人。

雨若情深在對方離開後，愣愣地躺在原地。

不知過了多久，系統自動倒數讀秒，城戰結束。

不出意料，水藍公會大獲全勝，贏得全伺服器最高分，得到大小城鎮無數。

而今朝有酒今朝醉首次在城戰中失利，氣氛一片低迷。

公會頻道裡眾人罵成一團，綠油精氣得破口大罵，大聲爭論著哪個隊長管理不善。其他軍團長也不甘示弱，揪出更多混水摸魚的會員。眾人一時間互相追究著責任，要把失敗者踢出公會。

公會頻裡烏煙瘴氣，雨若情深關掉頻道，瞬間清靜下來。

忽然，一直空著的好友名單上，一個熟悉的名字跳了出來。

——雪花冰，上線了。

雨若情深幾乎不加思索地跑向對方的所在地。

雪花冰就下線在他們以前常待的那顆大樹下，女法師的裝備是熟悉的羅那特套裝，現在看來有點過時，不過在以前是非常高等的神級套裝……記得他跟華麗的週末兩人一起出錢買下時，雪花冰珍惜地哭了出來。

雪花冰：「啊，望心……你是雨若情深吧？」

畢竟從新手起一起成長到老手，對方看了他一眼，不用多做確認，直接就認出他是誰了。

「妳……認出來了？」他愣愣地說。

雪花冰：「慣用的技能模式都一樣，怎麼認不出來？你雨若情深、我雪花冰，還有華麗的週末，我們三個是知心好友呀！」

是的，他在遊戲裡，僅剩的兩位知心朋友。

雪花冰說：「我剛看到世界頻道嚇了一跳，沒有想到你會和華麗打起來呢。」

望心想了想，說道：「嗯……我不會再去打他們了。」

突然見到熟悉的朋友，雨若情深想起以前的回憶，到底為什麼他們會吵架呢？

這是一切的開端，似乎是華麗的週末忿忿地罵他不關心雪花冰，反把她踢出公會，造成後來的裂痕漸漸加深。

現在他才知道，關心一個朋友有多重要。如果他當時多問一兩句，在公會裡留下一個位置，雪花冰有可能還會再上線。

他問道：「雪花冰，好久不見。當時，妳為什麼不玩遊戲了？我一直在等妳重新上線呢。」

「——咦，你不知道嗎？」雪花冰的反應很誇張，好像他應該要知情。

雨若情深苦澀一笑，看來他真的錯過了很多事情。

「對不起，我不知道，華麗沒有告訴我。」

雪花冰讓女法師雙手插腰，露出嘶牙咧嘴的神情。

「唉唷，華麗真是的，連你都沒說，真的幫我保密那麼久啊。我們是好朋友，彼此之間不該有祕密呀，難怪你們會吵架。其實……告訴你完全沒有關係的，我並沒有很在乎那件事……」

「可以和我說，是什麼事嗎？」雨若情深真誠地問道。

「嗯，其實啊……」

世界頻道突然跳出一則訊息，今朝有酒今朝醉的副會長亞亞米，被會長望心發起罷免職位投票。

望心如今在公會的勢力龐大，今朝會員人人服他，幾乎是一面倒地，眾人贊成罷免掉副會長亞亞米。

亞亞米變成了普通會員。沒多久，亞亞米又被會長望心踢出了公會。

世界頻道一陣喧嘩，不過，今朝公會大洗牌的消息，隨即被另一則更勁爆的系統訊息蓋過。

【世界頻道】系統提醒：「恭喜公會〈水藍〉獲得這次城戰第一名！系統依照所有公會綜合評分，頒布〈第一大公會〉名號！」

長期霸占城戰榜首的公會突然易主了，水藍現在是名符其實的第一大公會。眾人先是一陣驚呼，接著紛紛發出恭喜。

世界頻道充斥著各方玩家的洗頻祝賀。

伏燁傳送回城後，看見水藍小伙伴興奮地放起煙火，大肆慶祝。

水藍的公會頻道熱鬧非凡，大家將華麗的週末圍在中間瘋狂撒花。若不是沒辦法抓起人物，大家早就把金髮祭司捧起來丟高高了。

有幾個人注意到伏燁歸來，興奮地湊上前。

「老大老大，你知道嗎？剛才華麗超威的！」

「天呀，我忘不了那一幕，排行榜玩家全到齊了。」

「華麗真的帥到掉渣！你看，一場城戰聚集了這麼多人，幾乎全伺服器的高手都來幫我們了！」

伏燁讓人物笑著點頭，其實他剛才就隱約注意到了。

主城中央站著一群顯眼的非公會人士，那幾個高等玩家一身閃亮裝備，讓人很難忽略。

排行榜第三名，男法師，墨小空。

排行榜第七名，女弓箭手，懶洋洋，公會〈霍爾的一棟城堡〉。

排行榜第九名，女祭司，為何放棄治療，公會〈靠臉吃飯〉。

這些高手今天以水藍的盟友身分參戰，拉來自家公會的一票幫手，這是水藍公會大獲全勝的主要原因。

排行榜的高手平時幾乎王不見王，只會出現在各自的活動領域，不知怎麼地，這次全部來幫水藍公會打城戰了。

懶洋洋走上前，率性地開口打招呼：「哈哈哈伏燁，我們是老朋友了。我來幫你的忙，開心嗎？」

墨小空：「唉呀，我還欠華麗的週末一個人情，而且我也不希望水藍公會被滅，今朝和水藍公會選擇一個，我當然選水藍幫忙。」

伏燁一一聽著高手解釋理由，望向最後一位：「那麼……這位是？」

為何放棄治療：「我不爽今朝公會到處亂打人，敵人的敵人就是朋友。」

雖然理由有點怪，但起碼對方是好意幫忙，伏燁也就接受了。

據說，這些人都是華麗的週末一個個找來的。

水藍一直以來是中立公會，沒有敵人，但也沒有盟友。難以想像，他竟然能在廣大的遊戲中一次找到這麼多可靠的幫手。

伏燁走向被人群簇擁的金髮祭司，笑著說：「我的副會長，可真是辛苦你了。」

華麗的週末朝他發了一個鬼臉。「別高興得太早，請他們幫忙是有代價的。」

伏燁聽了大感興趣，說道：「很有趣呢，那你喊吧。」

沒多久，世界頻道跳出現華麗的週末的發言，吸引了所有人的注意。

【世界頻道】華麗的週末：「墨小空最近空虛寂寞覺得冷，想找個漂亮老婆，因此強迫我在世界頻道上稱讚他。誰叫我欠他人情呢，大家聽好了──『墨小空最帥了，墨小空人帥又溫柔。墨小空條件超好，遊戲裡是排行榜超強高手，現實裡是多金老闆。現在這種好男人不好找了，大家看，這是他的大頭照，看起來多麼老實誠懇啊，會是個好老公吧？妹妹們心動了嗎？趕快帶回家好好疼愛喔～』歡迎各位美女踴躍報名，墨小空線上等愛，值得妳擁有！」

想當然的，墨小空氣炸了。

【世界頻道】墨小空：「啊啊啊啊啊，華麗的週末，有你這樣稱讚的嗎！我隱世高手的形象呢？老子的一世英名都被你毀了！」

【世界頻道】懶洋洋：「唉呀，這大頭照……挺帥的呀？是個溫柔的好男人呢。相比之下，之前劈腿我的前男友簡直不能比。」

【世界頻道】墨小空：「……懶洋洋妹妹，妳也很漂亮呢，哪個混蛋瞎了眼才會拋棄妳，要是我肯定會好好珍惜，方便的話加個好友認識一下？」

【世界頻道】懶洋洋：「好呀，小帥哥。」

莫時就這樣成功地幫兩大高手牽了紅線，至於另一位高手，為何放棄治療雖然沒有多說話，但大手筆放出大量煙火慶祝，熱熱鬧鬧地把世界頻道洗成一片白光。

水藍打贏城戰後，整個伺服器的玩家紛紛冒了出來，閒聊著剛才城戰的有趣見聞。

之後論壇上應該會放出一系列的攻城影片吧。

突然，水藍的小伙伴集體打出一大堆「……」，短暫清空了世界頻道。

【世界頻道】伏燁：「華麗的週末，我最喜歡你了！」

伏燁的告白突然天降，一個人占據整個遊戲畫面，莫時猝不及防，差點被口水嗆死。

「喔喔喔，老大在大庭廣眾之下告白了！」

「天呀，好浪漫喔！」

「怕什麼，老大和華麗已經結婚和同居，當然可以光明正大放閃！」

「什、什麼，結婚就算了，同居……在現實生活中嗎？」

「啥啥……他們同居了？」

在眾人激烈的討論中，爆出一系列八卦。莫時偏頭思索著，是呀，他們遊戲中結婚、現實交往中，有什麼不可以的。

他難得鼓起勇氣回應。

【世界頻道】華麗的週末：「伏燁，我也最喜歡你了。」

世界頻道這下瘋狂了，玩家的八卦之心徹底爆發，一些沒講過話的玩家也紛紛爬上世界頻道說話，史無前例的洗頻速度將對話框淹沒，清一色都是恭喜、快點結婚、你們好幸福等等祝福。

主城中，玩家集體合作放出眾多煙火，將遊戲天空閃成一片炫目的繽紛色彩。

伏燁和華麗的週末站在主城最中央，接受大家的祝福。

黑衣劍士和金髮祭司肩並肩，牽著手。

莫時看著自己好不容易守下來的主城。他有了公會，有了一大群知心相伴的朋友，有了貼心的男友，他覺得此刻自己無比的幸福。

伏燁本人就在他身旁，單手摟著他的肩，兩人靠得很近很近，連對方的氣息都能感覺到。

莫時靠向伏燁，聞到了熟悉的淡淡香氣，享受著寧靜的懷抱。

伏燁的呢喃聲依稀流入耳中：「想要保護你……華麗，我終於做到了。」

這一瞬間，莫時猛然抬頭望向伏燁，頭一次有了真實感。

「伏燁。」

莫時淡淡笑起來，恍然大悟。

「我想起來了……曾經有個人，對我說過一樣的話。」

師父，師父，我想保護你。

師父，我可以直接叫你華麗嗎？

不要，我不想永遠待在師父的保護之下。

華麗不要只跟雨若情深聊天，偶爾也看看我嘛！

華麗，我想創個公會，我當會長，你當副會長，在遊戲中有個歸宿，這樣你就不會寂寞了。幫我取個公會名字，好嗎？

升級禮物？華麗，你不需要把自己裝備的石頭拔下來送我呀。就算你身上裝備因為殺人快丟光了，也不需要這樣……好吧，謝謝，我會把這顆石頭當成你，好好珍惜的！

華麗，我好喜歡你。啊，你也喜歡我？不、不是那種喜歡啦！

華麗，你為什麼哭了，有人欺負你嗎？如果我成長茁壯，是不是你就不會哭了？

——華麗，我想保護你。

誰知道一時興起收來的徒弟，竟然在短時間內超越師父，成為全伺服器第一王者？

第一大公會水藍、留給他的副會長位置、遊戲第一大神，真不敢相信，他真的全部做到了。

莫時感嘆萬分，望著身旁的那人。

「企鵝，沒想到你成長得這麼快，都比我還厲害了。」

他忍不住捏住伏燁的雙頰，將那張無懈可擊的帥臉捏得變形，故意欺負對方。

伏燁乖乖地任他上下其手，笑著說：「師父，我做到了。看到我成長茁壯，師父欣慰嗎？」

莫時雯時滿臉通紅。遊戲裡被人喊師父就算了，在現實生活中聽到伏燁親暱地這樣喊他，似乎有點羞恥呀。

「何止成長茁壯，你根本長得跟大樹一樣高……」

他哼哼地推了對方一把，只可惜一百九十公分的伏燁不動如山。

「嗯……師父覺得如何？」伏燁湊上前，輕輕咬住他的耳朵。

「別叫我師父啦……」

以前的小毛頭長得比他還要高，他已經推不倒，沒辦法欺負對方了。

最可惡的是，這個壞徒弟還會把他反推倒……不論在遊戲中還是現實生活中。

沒辦法，誰叫他太晚認出自己徒弟，讓對方等了這麼久。

莫時伸出手，抱住伏燁的脖子，將頭埋進他的胸膛。

「伏燁，我愛你哦。」他小小聲地說。「抱歉，讓你久等了，從現在開始，我不會再離開妳了。」

伏燁僵硬了片刻，隨即抱緊他，在他唇上落下一吻。

這個吻很熱很熱，離別許久再度重逢的喜悅，讓兩人都捨不得放開對方。

「謝謝你，莫時，我愛你。」

——《大神的正確捕捉法．下》完

——《大神的正確捕捉法》全系列完

大神的正確捕獲法

How to Successfully Catch Your Legend

番外

結束之後

——華麗的週末，上線了。

城戰事件後一個月，《蒼空online》依舊熱鬧非凡。

這陣子發生了很多事，亞亞米被望心踢出公會，今朝有酒今朝醉內部大洗牌，幾乎所有幹部全被換掉，由會長望心的人脈接管。

綠油精被自己一手培養的公會一腳踢開，像發瘋般跑去商城大改造自己，將女法師亞亞米轉職成男刺客綠油精點眼睛，故技重施，在世界頻道不停叫囂，並雇用一大堆傭兵殺手，見人就砍，大亂遊戲。

可惜，如今遊戲內的局勢十分穩定了，撼動不了伏燁和望心的地位。這次綠油精捲土重來的計畫非但沒有成功，反而讓所有玩家一致鄙視。

綠油精過去的糟糕歷史也被老玩家爆出來，再加上人妖帳亞亞米，新仇舊恨之下，從此在遊戲中人人喊打，經常看得到綠油精被打到重生點出不來。

而今朝有酒今朝醉在踢除綠油精之後，被望心重新整頓，立下「禁止隨便殺人」、「禁止搶怪」等等條約，公會風氣逐漸轉變，遊戲聲望奇蹟似地慢慢變好，慢慢爬回排行榜上。

雖然今朝公會位置只在第二名，比起第一大公會水藍遜色一大截，不過莫時知道不能對這個對手掉以輕心。對方仍然野心勃勃，大概會是水藍公會永久的頭號勁敵吧。

當然，最讓莫時頭痛的便是雨若情深了。

望心在城戰後就像變了一個人，將名字改回原本的雨若情深，彷彿看開了，態度變得十分積極正面。

系統提醒：玩家〈雨若情深〉贈送玩家〈華麗的週末〉一百朵玫瑰花。

【世界頻道】雨若情深：「華麗，我喜歡你！」

還記得那天上線，雨若情深忽然拚命刷花花給他，華麗的週末的信箱都快被紅色玫瑰花塞爆了。

華麗的週末：「……」

雨若情深只是回了一個笑臉，不以為意地說：「我知道你和伏燁在一起了，可是我不會放棄的！」

看樣子繼靈靈之後，又有一個大膽追愛的人物出現了。

莫時囧得滿臉黑線，但自己該說的都說完了，便不管他了。

這件事當然氣死伏燁了，一向好脾氣的伏燁直接向對方宣戰。

【世界頻道】伏燁：「……好大的膽子！想拐跑我老婆嗎？告訴你，門都沒有！雨若情深，決鬥！」

【世界頻道】雨若情深：「我奉陪。」

從此以後，這兩個大會長在路上見到就會大打出手。

伏燁和雨若情深天天 PK 打上癮了，有勝有負，戰鬥比數大約是一七四比一七一，伏燁略勝一小籌。

世界頻道那陣子充滿著玩家的八卦討論，什麼「伏燁要戴綠帽了嗎」、「蒼空 online 狗血虐戀物語」、「支持雨若情深，自己的愛自己搶」、「兩個王子爭灰姑娘」等等的傳言不脛而走，這群唯恐世界不亂的玩家天天吃爆米花看戲，覺得十分有趣。

兩男打得昏天暗地，事主華麗的週末在觀戰一次，發現是和平競爭之後，兩手一攤不負責任地逃了。對此，莫時任性地表示：我不想管了啦(>_<)

順便一提，雖然伏燁和雨若情身打得不可開交，但水藍和今朝兩公會的互動倒是變得十分和氣，經常結伴打團副。之前緊張對立的敵對狀態，隨著綠油精被踢出公會後已經全部消失。

據說伏燁和雨若情深天天 PK 這件事給了公會的腐女大量靈感，貓耳控和朝如青絲合作推出的公會 CP 本在 CWT 開賣了，主題就是伏燁、莫時和雨若情深之狗血三角戀。

玩《蒼空online》的玩家非常多，許多人聽過他們的事蹟，本本的銷量莫名其妙地一飛衝天。出了一本還不夠，她們似乎打算出成系列作品了。

莫時曾不小心瞥過小說的封面，差點當場毀屍滅跡。我的天呀畫得有夠像，這群女孩子真是火眼睛星，內容十之八九都猜對了……

他覺得很頭痛，痛得不想面對遊戲。

「——莫時！」

忽然一陣呼喊，他的房門被打開了。

伏燁衝進來一把抱住他。

「聽我說莫時，雨若情深那傢伙用賤招……」

伏燁像隻大型犬一樣趴在他身上用頭蹭來蹭去，感受到對方溫暖的體溫，莫時忍不住笑了出來。

他這時才覺得，向來成熟冷靜的伏燁，和他呆萌的徒弟飛翔的企鵝有著許多相似之處。

打贏了雨若情深，伏燁就高興地翹起尾巴求獎勵，打輸了就跑來哭哭求安慰。幾次下來，伏燁在現實中粘著他的時間變多了。

不過莫時也不討厭就是了，畢竟男朋友撒嬌超可愛的好不好！

「哈哈，伏燁，難得你會像小孩子鬧脾氣。」莫時說道。

伏燁從背後環抱著他的腰，將頭輕輕靠在他肩上，柔軟髮絲蹭得他臉頰發癢。

「因為對象是你，只有對你的事情，我才會這麼認真。」

莫時一愣，隨即笑著說：「是呢，好像只有在我面前，你才會特別不一樣。」

他握住伏燁的手，撫摸上對方的右手指甲。

伏燁新長出的指甲光滑無比，完整地覆蓋住指頭。雖然指甲還有點薄，但已經不用再包紮傷口了。

雖然傷口已經好了，莫時卻沒有搬走。

他們已經是同居關係，莫時上星期退掉了宿舍，正式搬來一起住了。

莫時正分神思考著，突然覺得脖子一癢。伏燁低下頭，從背後吻上他的鎖骨。

「唔……好癢呀，伏燁。」莫時喃喃道。

伏燁把他轉過來按在床上，隨即落下更細碎的親吻，更肆無忌憚了。

纏綿一番後，兩人慵懶地躺在床上。伏燁撐著頭側躺在一邊，隨口提道。

「莫時，要不要見我父母呢？我媽想看看你。」

莫時眨了眨眼睛，一時之間沒反應過來。「什麼？」

伏燁耐心地重覆：「要不要見我父母？我上週打電話和家人提過我們的事了，我媽說想見你哦。改天約個時間吃飯，好嗎？」

「你提了我們的關係？你父母親接受嗎？」

大概是肥皂劇看多了，加上伏燁家境富裕，莫時心中預想的情景可是很慘烈的。例如，財團貴公子之母拿鈔票來打臉、逐出家門、以死相逼分手等等的狗血情節。

沒想到伏燁打通電話和老爸老媽閒聊，就順口曝光他們的關係了。

伏燁輕鬆地說：「呵呵，我們家很開放的，不會介意性別這點小事。」

莫時想了想，說道：「突然要聚餐，這、這……會不會太快了？」

伏燁說：「有什麼關係？岳父岳母和朋友不也有來這裡探望過我們嗎？禮尚往來，莫時，我覺得也差不多該介紹我父母給你了。」

「……岳你個頭！才不是岳父！」

岳父岳母自然是指白夜和劉一葵，因為莫時是孤兒，對他而言白夜大哥和一葵姊就是所謂的家人。

奇妙的是，白夜和劉一葵來他們家探訪那天，竟然在路上偶遇莫時的大學室友，那群朋友一聽有飯吃，就無恥地上門蹭飯了。

那天熱鬧得不得了，原本的四人小聚餐，突然變成一大群人的集體派對。因為都是二十多歲的年輕人，又是同輩，喝酒聊天完全沒有隔閡，眾人一路嗨到早上，導致莫時根本沒有帶男朋友見家長的感覺。

「莫時，要不要見家長？」伏燁又問了一次。

「你確定要在床上說這個？」莫時望著壓在自己上方的男人。

伏燁笑著從他身上移開，自己坐到床沿，慎重地說：「你放心啦，我母親的作風很開明，絕對不會有惡婆婆刁難你的情形。」

看得出來，伏燁感覺上就是在開明家庭中長大，確認自己性向後便果斷急起直追，完全不在意世俗眼光。

不像他，光是說服自己就花了很久。

見到莫時認真思考，伏燁低著頭，露出神祕的微笑。

「先提醒你，見到我母親時可別嚇一跳。」

莫時很快回過神來。對了，他還不知道伏燁的家世呢。

「怎麼了，你母親是誰？」莫時略顯疑惑。

「你肯定認識。」伏燁笑著說，「我母親叫 Basia，聽過吧？」

「Basia……英文名？」

莫時說到一半猛然停下，腦袋頓時轟一聲，變得一片空白。

什麼？他聽到了什麼？Basia，這不是電視網路上常出現的熟悉名字嗎？

Basia，貝莎，英文名取自本名諧音李蓓莎，是位揚名國際的歌手，從十六歲出道起便得獎無數，紅了超過二十年的傳奇女性。目前四十多歲，仍然保養得宜，成熟美麗、自信逼人。

隨便走上一條街，到處都看得到她的廣告看板，誰不知道貝莎呀？

「所以你母親是知名歌手貝莎？」莫時傻呼呼地張大嘴巴。

「等等……」他瞪大眼睛，迅速反應過來，「那你父親就是編曲家 Frank Brown？」

「是呀。」伏燁點頭。

Basia 的老公 Frank 同樣相當知名，據說兩人當年在貝莎的世界巡迴演唱會墜入愛河，一年後閃電結婚。

Frank 是個英國籍的外國人，結婚後便從英國搬來跟 Basia 一起生活。夫妻倆一個是編曲家一個是歌手，配合無間，經常滿世界跑。

莫時提出問題：「但是你姓伏？」

伏燁聳聳肩。「外國人取名字比較寬鬆，我爸身分證上的中文名字叫伏朗克，很搞笑吧？他是用Frank的諧音取中文名字，所以我就叫伏燁了。順便一提，我的英文姓氏是跟我爸姓Brown，還有我長相比較像老媽，身高像老爸。」

莫時覺得好像被打開了新世界，震驚無比。

他先前就覺得伏這個姓氏很特別，幾乎沒聽過，結果根本就是外國人自己取的啊！據說外國人取中文名字可以從百家姓裡隨便挑音近的姓氏。

那麼說，伏燁其實算中英混血兒吧。有這麼特別的家世，難怪家境富可敵國，又見識多廣。

父母親長時間待在國外，觀念開放也是很自然的。

「所以呢，莫時，我媽可是很開放的，甚至有點開放過頭了。你的長相是可愛清秀型，剛好是她的菜。自從給她看過你的照片後，她一直想見到你呢。」

伏燁扶著額頭，狀似有點頭疼。

「她最喜歡小鮮肉了，我可要好好護住你，免得你被她騷擾。」

莫時噗哧一聲笑了出來，最好有那麼誇張。

他點了點頭，認真地說：「好呀，約出來見面吧。我也很想見你的父母，看看你的家人。」

莫時淺淺勾起嘴角，臉露憧憬。

「我在很小的時候就失去了家人，很久沒有感受過家庭溫暖了。我很羨慕你呢，伏燁。」

伏燁湊過來拉住他的手，緊緊握住。

「莫時，遲早有一天，我們也會成為一家人。」

對方手心的溫度溫暖了自己，莫時眨了眨眼睛，明白了伏燁話中的含意。

他笑著喃喃道。

「嗯，我們也會成為家人的。」

——番外〈結束之後〉完

大神的正確捕獲法

How to Successfully Catch Your Legend

後記

大神的正確捕捉法

安，大家好，我是夏堇。

好久不見啦，自從在粉絲專頁宣傳出版後，歷經了好一陣子才讓大家看到這套書，可能有讀者已經快忘記劇情了，拖得這麼久，真的太對不起了（跪地）！

我總是熱愛網遊，這次依然是寫網遊小說，不過首次嘗試了手機遊戲。對比以前寫的鍵盤式網遊和虛擬實境型網遊，算是比較特別的題材呢。有幾個場景我在現實和虛擬間掙扎很久，才調出了現在的故事比例。

嘿嘿，這次的故事是雙線劇情，中間交雜著過去回憶，為避免劇透，我只偷偷透露一下，最後有留了一個小小的驚喜喔。

如果大家喜歡劇情，那我會很高興哦！

最後，謝謝大家收看，夏堇在此一鞠躬！

夏堇

高寶書版集團
gobooks.com.tw

BL041
大神的正確捕捉法・下
作　　者　夏　堇
繪　　者　LILUO
編　　輯　林雨欣
美術編輯　林鈞儀
排　　版　彭立瑋
企　　劃　方慧娟

發 行 人　朱凱蕾
出　　版　三日月書版股份有限公司
Printed in Taiwan
地　　址　臺北市內湖區洲子街88號3樓
網　　址　www.gobooks.com.tw
電　　話　(02) 27992788
電　　郵　readers@gobooks.com.tw（讀者服務部）
傳　　真　出版部　(02) 27990909　行銷部 (02) 27993088
郵政劃撥　50404557
戶　　名　三日月書版股份有限公司
發　　行　英屬維京群島商高寶國際有限公司台灣分公司
Global Group Holdings, Ltd.
初版日期　2020年6月
四刷日期　2021年6月

國家圖書館出版品預行編目(CIP)資料

大神的正確捕捉法 / 夏堇著.-- 初版. -- 臺北市：三日月書版股份有限公司出版：英屬維京群島高寶國際有限公司臺灣分公司發行, 2020.06-
面；　公分. --

ISBN 978-986-361-841-6(下冊：平裝)

863.57　　109005612

三日月書版

三日月書版

GOBOOKS
& SITAK
GROUP ©

GOBOOKS
& SITAK
GROUP©